JN002760

戦国時代に宇宙要塞でやって来ました。
四
横蛍
イラスト　モフ

パメラ
ケティ

シンディ

エル

久遠一馬

セレス

織田信長

ジュリア

横蛍
Illustration　モフ

新紀元社

目次

これまでの物語

長い間プレイしてきたVRMMO「ギャラクシー・オブ・プラネット」が終了することになり、ゲーム内の仲間に別れを告げた一馬。そのままログアウトするはずが、目を覚ますとそこは戦国時代！　一馬は自らの知識と、実体化したアンドロイドたちの技術と知能を駆使して、戦乱の世を生きることに。織田信長の家臣となり、牧場と工業村の建設にも着手した一馬たちの存在は人々の注目を集め、戦国時代が変わり始める――!?

登場人物

「ギャラクシー・オブ・プラネット」の世界から戦国時代へやって来た者たち

セレス

クールで真面目な性格で敵には厳しい、戦闘型アンドロイド。

ケティ

医療型アンドロイド。無口だが、本当は感情豊かで食いしん坊。

エル

一馬が初めて創った万能型アンドロイド。優しくて癒やし系。

久遠一馬

リアルではアラサーの男だが、ゲームのアバターのまま実体化し戦国時代へやって来た。

メルティ

小悪魔風お姉さんな万能型アンドロイド。絵画が得意。

ジュリア

戦闘型アンドロイド。宇宙要塞では戦闘部のリーダー。

リリー

動植物の育成や品種改良が得意な技能型アンドロイド。

パメラ

明るい性格の医療型アンドロイド。ツインテールが特徴。

リンメイ

技能型アンドロイド。技術研究や開発生産が得意。

アーシャ

技能型アンドロイド。開校した学校の責任者となる。

戦国時代の人々

望月千代女

望月出雲守の娘。久遠家の侍女となる。

滝川お清

滝川資清の娘。久遠家の侍女となる。

滝川資清

滝川一益の父。久遠家家臣のまとめ役に。八郎。

滝川一益

通称、彦右衛門。武芸と鉄砲が得意。

滝川慶次郎

変わり者で型にはまらない男。

織田信秀

織田弾正忠家の当主。信長の父。

織田信長

尾張、織田弾正忠家の嫡男。一馬の主に。

序章　お藤騒動

side：アンドロイド

「太陽系及び近隣の宙域・星系に生命体の痕跡なし」

「警戒網及び簡易基地の建設は完了しているわ」

宇宙は平和ね。敵対勢力どころか宇宙空間に生命体すら存在しないんだもの。

一応、太陽系を最終防衛ラインとして設定して、早期警戒網と簡易基地を幾つか作ったけど要らない気がするわ。

鉱物資源なんかは太陽系の外から採掘している。司令から太陽系の資源は将来のために残したいと指示があったから。

まあ、私たちにはワープ航法があるから距離はあんまり関係ないけどね。

要塞シルバーンで忙しいのは調査研究部よ。シルバーンには司令の元の世界で一般に公開されていた情報ならばデータベースに記録としてある。とはいえ専門性の高い情報や非公開の情報はない部分も多い。

人工衛星を用いた測量による地図の作製から、無人潜水艦を用いた海図の作製や資源分布の調査もしている。

あと日本本土で現状の調査も行っているわ。歴史として知られていることと現実は違う。集められる情報は集めて研究しておく必要がある。

開発製造部は火縄銃や青銅砲などのこの時代で使える武器と、砂糖や蜂蜜や絹織物などの交易品を製造するくらい。宝の持ち腐れね。

「小笠原諸島の各島に久遠家が領有するとの石碑を設置しました。なお沖ノ鳥島などの一部の島は有人島にするための造成工事も進んでいます」

「父島と母島と硫黄島の各種施設の建設は終了していますね」

本当、地上のほうが面白そうよね。

小笠原諸島の硫黄島を宇宙港として、オーバーテクノロジーはほとんどそこにまとめている。父島と母島が主要な久遠家の本領になるのよね。表向きには。

農業は果物やコーヒー豆に野菜や芋を植えている。ほとんど史実と同じ作物ね。

小型の高炉と反射炉とか工業施設も少しだけある。あと船を修理する乾ドックも一応造ったのよね。ガレオン船の建造は木材調達の問題から小さな島だと無理だし、別の拠点で造ったことにするしかないけれど。

「ウチのガレオン船が東南アジアにいる南蛮人の間で話題になっていますよ。極東に所属不明の黒いガレオン船があると」

「そりゃ、あれだけ派手に使えばね」

この時代ではまだ使われていないコールタールを腐食防止のために塗ったから、久遠家の船は黒いのよね。コールタールは石炭からコークスを精製する際に出来るものだから、理屈的にはウチが使ってもおかしくはない。

ただ、この時代のガレオン船は戦略兵器なのよね。それが自分たちとは違う黒い色をして、何隻も未開の地だと思っていた場所にあるんだから騒ぐはずよ。

「白鯨型無人潜水艦とクラーケン型無人潜水艦も順調です。海の魔物と恐れられています」

「一部では早くも、宣教師が乗ると船が事故に遭うと噂も流れていますから」

無論こちらも対策はしてある。史実でも実在が確認された白鯨とダイオウイカに似せた無人潜水艦で宣教師が乗る船を中心に沈めている。

さっそく、史実よりも南蛮人の動きが鈍くなり始めたし、このまま自然な形で南蛮人を追い払いたいわね。

「薩摩の島津家との接触に成功しました。今のところ久遠家の名は伏せていますが、絹や硝石など売れそうですよ」

「南蛮人と宣教師の噂は流してね。宗教の押し売りは後始末が面倒になるわ」

一応、すべての情報は要塞シルバーンの中央指令室に集まるから、定期的に会議を開いているけど。要らないわよね？　重要事項は地上の司令たちが決めるし。

「それにしてもパリは汚いですね。夢が壊れました」

「ヨーロッパでも特に不潔な街なのよ」

地球の軌道上には偵察衛星を配備したし、虫型の超小型偵察機もあるから、要塞でも地上の様子が克明に見られる。

パリなんかは中世ヨーロッパの華やかなイメージを期待して見ると幻滅するけど。

窓から汚物を投げ捨てるなんてこと、本当にやっているんだもの。そりゃ病気も流行るわよ。

面白そうだからヨーロッパの黒歴史を記した書物をあちこちに残してやろうかしら。

他にもいろいろあるのよね。

side：久遠一馬

蝉の声が聞こえる。去年の夏の終わりにこの戦国時代へと来たオレたち。戦国の四季は巡り夏になっている。

連日猛暑日が続いた元の世界と比べると過ごしやすいものの、エアコンもない時代だ。夏の暑さは身をもって感じる。

ふと屋敷を通り抜ける風が風鈴の音色を奏でた。

「いい音色だね」

「先日、商人から買ったんですよ」

縁側に吊るしてある風鈴の音色がとても心地いい。吹き込む風で揺れるたびに涼を感じる。どうしたのかなと思ったらエルが商人から買ったらしい。

エルは万能型アンドロイドで、年齢は設定上では十八歳だったが、この世界での仕来りで正月に数え歳として歳を重ねたので十九歳になる。金色の髪と目をしたスタイル抜群で可愛らしい女性だ。

ウチには尾張の商人ばかりではない。旅の商人なんかもさまざまな品物を売りに来ることはよくある。風鈴を持って来た商人もいたのか。なかなか出来る商人だ。

「こんな夏もいいねぇ。この暑さが癖になりそうだよ」

縁側では、ジュリアが庭で稽古をしている家臣たちを見ながら涼んでいた。彼女は戦闘型アンドロイドで、年齢は二十一歳。少しウェーブのかかったブラウンヘアを肩まで伸ばし、派手めの顔立ちとスタイルをしている。

宇宙要塞は人工の海もあり環境はコンピュータで管理されている。四季を感じるようなことはあまりなかったからな。

もちろんギャラクシー・オブ・プラネットでも夏のイベントとかはあった。

でもね。エアコンのない世界でリアルな夏を一から経験するのは初めてのことになる。

不自由を楽しむというわけではないのだろうが、自然の環境をそのままに生きることをジュリアは楽しんでいるようだ。

「次はちゃんと貴女もしてあげるから」

隣ではケティがロボのブラッシングをしている。気持ち良さげなロボと、自分もしてほしいと言いたげなブランカ。ケティはブランカをなだめつつロボのブラッシングをしていた。

医療型アンドロイドで、黒髪のショートヘアで黒目、年齢は十七歳。小柄でスレンダーなスタイルの女性だ。基本的に無口で抑揚の少ない話し方をするが、本当は感受性が豊かで少し食いしん坊でもある。

「あっ、それ海水浴の時の絵だね。みんな楽しかったって言ってくれるんだよ。水着も評判いいしね。もっといろんなことしたいね」

見渡すとメルティが海水浴の時に描いた下絵を絵画にしていて、それを眺めながらパメラが楽しげにあの後の周囲の反応を語っている。

メルティは万能型アンドロイドで、青い髪をショートボブにしている色気のある女性。年齢は十九歳。人の心理を読み、戦略や作戦立案をすることが得意中の得意で、趣味は絵画を描くことだ。

彼女が描いた紙芝居は、今では織田領で大人気となっている。

パメラは年齢が十七歳。明るい性格をしていて、魔法少女にでもなりそうなツインテールのブロンドヘアに、ほっそりした容姿の女の子だ。

「焦ってはいけないわ。少しずつみんな受け入れてくれているんだもの」

メルティはそんなパメラを少したしなめるように笑みを見せた。

「少し休憩にしましょうか」

庭で家臣の稽古の相手をしていたセレスは、一息つくと手ぬぐいで汗を拭った。なんだかんだ言いつつ、人に教えるのは楽しいんだろう。成長を見守る。仮想空間ではなかなかなかったことだ。

セレスは戦闘型アンドロイドになる。年齢はジュリアと同じ二十一歳。銀髪にクールな切れ長の目をしている。性格は軍人っぽくて、真面目かな。

常時一緒に住んでいるのはこの六人になる。みんなアンドロイドであり、生命体として共に生きている大切な妻だ。

他に尾張に滞在しているのは、津島の屋敷を任せているリンメイと牧場村を任せているリリーと学校を任せているアーシャだ。

妻でありアンドロイドであるみんなは全員で百二十人いる。

他には久遠家の本拠地となっている史実の小笠原諸島や宇宙要塞で、みんなそれぞれに働いてくれていたり今という時を楽しんで生きている。

side：リンメイ

町の賑わいが聞こえてくる。ここは久遠家の津島屋敷。

「お方様、これはいかが致しましょう」

忙しそうに部屋に入ってきた家臣に指示を出す。急に増えた商人と津島の賑わいは想定以上かもしれないネ。

きっかけは服部友貞に加担した桑名との絶縁になる。大殿の怒りを買った桑名とは今後商いをしないことになった。

私たちだけじゃない。織田領の商人は桑名との取り引きを禁じられたよ。これに近隣の商人も反応した。

今まで桑名を利用していた商人たちまでもが尾張に来るようになった結果、津島の商人たちが驚くほど忙しくなったネ。

「困りましたな。このままでは我らの面目にかかわる」

大橋殿と対策を相談する。久遠家の商品は当然として、各地の商人たちが求めるものがないというのでは商いの機会を逃す上に、津島衆は信用を失ってしまうネ。

「熱田や清洲の商人に頭を下げるしかないネ。この先、忙しくなることはあっても暇になることはない。蟹江の港は津島にも大きな利になるのは間違いないよ」

「奪い奪われる今の世で、忙しくなり過ぎて譲ることになるとは……」

「出来れば蟹江の港が出来るまで、もう少し刻が欲しかったネ」

大橋殿も津島の商人たちも思いもしなかったこと。他者と争い商いを広げることは考えても、他者に商いを譲り信用を守るなど、この時代ではあり得ないことだから。

ウチの運んでくる品物の価値と織田の力。それに願証寺が融和する道を選んだ結果、桑名の町など敵ではない。

「ウチも熱田に屋敷を構えて商いを広げるネ」

「最早、津島だ熱田だと争うておる場合ではありませぬからな」

遠くないうちに織田の商いは、尾張や伊勢のみならず日ノ本の中心になる。大橋殿もそれを理解しているようで一安心ネ。

やるべきことは多い。町の拡張と蔵を増やすことは当然として、集まる他国からの商人の監視も必要よ。報告書を上げておかなくては。織田家の支援も必要になる。

熱田の屋敷には誰が来るのかな？　早く連携しないと大変なことになるネ。

side：久遠一馬

「さあさあ、聞いてくれ！　先の戦の話だ。仏の名を騙る不届きな服部友貞は……」

ちょっと近くに来たので病院に寄ってみたら、待合室で紙芝居をしていた。

今日の内容は浦島太郎だったらしい。

忍び衆が織田領内にて紙芝居をして歩くのだが、最近は少し進化してニュースも話して聞かせることにしている。

最近のニュースは分国法と目安箱の説明と、服部友貞との戦の話だ。意外にみんな聞いてくれるし、紙芝居は大人から子供まで楽しみにしているらしい。

服部友貞のニュースは戦の様子や活躍した武将の話に、服部友貞を仏の名を騙る悪い坊主だと言い、世の中には坊主の名を騙る悪い人もいるから気を付けるようにという内容でもある。

間違っても一向衆を非難しているわけではない。服部友貞が破門され、最終的には願証寺で首を刎ねられたこともちゃんと伝えて願証寺の顔も立てているからね。

ただ尾張の人は服部友貞が一向宗の坊主で、織田と長年にわたり敵対していたことはだいたいみんな知っている。

一向衆にはそんな悪い人がいたんだと、分かるような話し方はしているけど、嘘は言っていない。

続けて学校にも寄ってみる。こちらは学校を任せているアーシャが算数の授業をしていた。

「これは幾らになりますか？」

インド系の容姿をしたアンドロイドで、セミロングの黒髪にエキゾチックな雰囲気をした美人タイプの容姿になる。年齢は二十一歳の少しお姉さんタイプと言えばいいのかな。

アンドロイドのタイプは技能型。本来は技術開発部所属で、原子力工学とか核融合関連が専門だ。

生徒の年齢や身分は割と幅広い。元服前の子供から二十代まで三十人ほど。半分が武士で半分は郎党か？

知らない人も十人ほどいるから、学校を始めた意味はあると思う。

まあ最近は検地などで信秀さんが文官を優遇しているから、みんな真剣だ。

あと人気なのは礼儀作法と戦の講義らしい。

授業は女性も受けられるようにしている。ただ女性は今のところウチの関係者くらいしか来ていないみたい。

それなりの身分なら読み書きとか出来るんだけどね。身分が下がれば読み書きすら出来ない人も多い。身分があれば学校に来るまでもないし、読み書きも出来ない人は学校に行こうとは思わないんだろうね。

この時代の女性は意外にも独立しているが、それでも女性の地位なんて、元の世界と比べ物にならないくらい低いからな。織田は他と比べると女性の身分を認めているほうだ。

エルたちの活躍を信秀さんや信長さんが認めているからね。

とはいえ女性全体の地位はまだ上がってはいない。もう少しなんとかしたいね。

「ほう。素麺か」

「この汁が、また合うな」

お昼ご飯を食べに屋敷に戻る。夏ということで今日のお昼は素麺みたい。涼しげでいいね。

ちょうど信秀さんと信長さんと政秀さんが来ている。

例によって信秀さんたちはなんの前触れもなく来るんだよね。用があるのなら呼べばいいし、料理を作ってほしいのなら命令すればいいのに。まあ信頼されている証拠か。

そうそう、素麺の歴史は古い。なんでも奈良時代からあったとか、なかったとか。

「大湊の商人がまとまった量を持ってきたんですよ。近頃の尾張では麺類が流行っていますからね」

別に頼んだわけじゃないんだけどね。ウチでは小麦や蕎麦の粉料理を作るし、麺類をよく食べるのを調べた大湊商人が畿内から買い付けたらしい。

当然高級品だし、元の世界のように暑いから素麺でも食べようかというような気軽な品物じゃない。とはいえ今の尾張で畿内から買うものは、米や大豆に麦や蕎麦なんかの雑穀が中心になる。

反対に尾張から畿内に売るものはいくらでもあるが、買うのは意外に少なく、抹茶とか素麺とか高級品を買わないと銀や銅に銭などが貯まる一方になるんだよね。

儲かるのはいいが交易をする以上は多少なりともバランスを取らないと、あちこち敵に回しかねない。畿内とは本格的に取り引きしていないし、当分する気もないんだけどね。

正直畿内の商人もあまり印象が良くない。寺社も絡む利権などでいろいろと面倒なんだ。

「醤油はいかがなのだ？」

「津島と熱田の味噌商人に造り方を教える方向で進めています」

素麺のつゆはエルが作ったので元の世界の味に近い。醤油やみりんに出汁も取っているしね。みりんはお酒造りをしている津島の屋敷で生産を始めることにしていて、醤油の生産も信秀さんの命令でやることになった。

現状だとウチが個別に、信秀さんとか交流がある人に贈っているだけなんだけど、あちこちから醤油が欲しいという話がたくさん来ているんだ。

畿内には味噌溜まりから造る醤油のご先祖様があるらしいが、あれも生産量は多くないし、なにより歴史の先取りをしているウチの醤油は別格だ。

ウチで造るのだと手が回らないこともあり、製法が一部共通する味噌職人ならば醤油造りを習得するのが早そうだからね。

「これはいつもの羊羹と違うな」

「水分を多くしたんですよ。夏はこちらのほうがいいかと」

食後にはデザートも要求されたので、午後のおやつ用の水羊羹を信秀さんたちに出した。甘い物好きの信長さんは、すぐに羊羹の違いに気付いたらしい。

練り羊羹に関しても製法を秘匿しているので、完全にウチだけの菓子になっている。そもそも練り羊羹に使用する寒天がこの時代には存在しないから、真似しようとしても出来ないみたいだが。

信長さんはあちこちに土産として配っているし、ウチでも贈り物にしているくらいだ。まあ午後のおやつには時々作るから家臣のみんなは割と食べているけど。

「甘うて美味いな」

信秀さんは信長さんほど甘党じゃないけど菓子も食べる。水羊羹もお気に召したみたいだから、お土産に包むか。

多分エルがすでに追加で作っていると思う。信秀さんも奥さんとかお妾さんが結構いる。奥さんと子供たちに配るにしてもそれなりの量が必要だ。

こういうときは余るくらいのほうがいい。元の世界と違い、信秀さんクラスでも砂糖を使う菓子は高級品だからね。

ああ、信秀さんや信長さんが菓子をよく持ち帰るからか、土田御前からは返礼の手紙をエルが何度か貰っている。

こっちに来て一番歴史のイメージと違うのは、あの人かもしれない。信行を溺愛して信長を毛嫌いするイメージがあったが、普通に気遣いの人なんだよね。

信長さんとの関係は少し距離があるものの悪くもない。互いに理解しようとしてはいるが、上手くいっていないのではと、エルが推測しているくらいだ。

実際史実のイメージって、創作物のイメージだったんだろうね。土田御前は史実では信行が討たれた後は、普通に信長のもとにいたらしいし。実家に帰されたという話もないので、意外に関係は悪くなかったのかもしれない。

「桑名はあちこちに織田との仲介を頼んでおるものの、なかなか色よい返事がもらえておらぬようでございます」

食後には信秀さんたちと桑名の件を話すこととなった。資清さんから報告があると信秀さんは少し面白くなさげな表情をした。

現状では願証寺と六角と北畠を頼っているらしい。

「あそこは本来、禁裏の御料所でございます。朝廷に仲介を頼まれると厄介でございますな」

「織田は桑名と敵対してはおらぬ。よって和睦の意味などない」

一言で言えばウチの商品を前と同じように、自分たちに回せと騒いでいるんだ。矢銭を払いしかるべきところに仲介をしてもらえば、それが叶うと思っているらしい。

実際桑名は西に向かう東海道や八風街道が繋がっている。それは大湊にはない強みなんだろう。商品があれば陸路で伊勢や近江から京の都にも売れる。

とはいえ江戸時代のように、明確に東海道の宿場町を定めているわけではない。確か江戸時代には熱田から桑名まで船で移動していたはずだけど。

政秀さんは桑名が本来は禁裏の御料所。つまり朝廷の領地であることを指摘した。オレも最近エルに教えられるまでは知らなかったが、名目上は今も禁裏の御料所なのだろう。

仮に桑名の支配権を得ても、今度は朝廷が返せと言う可能性もある。とにかく面倒なところだね。将来的に伊勢を領有したら、桑名ではなく別の港を織田で造り、東海道に繋げても面白いのかもしれない。

「ではこのまま放置で？」

「それが一番であろう」

まあ現状で織田は桑名に対して、なにも要求していない。強いて挙げるとすれば今後も関わる気がないと言っているだけ。信秀さんの方針は変わらないらしい。

大きな町らしいしね。別にウチの品物が流れなくても、当分は街道の要所としてやれるはずだ。ただ大湊に桑名。それと宇治とか山田とか伊勢の自治都市は、史実ではだいぶ織田の邪魔しているんだよね。長島一向一揆のときとかは特に。

この世界でも将来的に伊勢の商人が敵に回る可能性は十分にあるんだ。現状でも反織田の桑名は徹底的に弱体化させる必要がある。

「いずれ商人を従える仕組みが必要ですね」

ウチと織田の政策は重商主義の一面もあるから、商人は史実以上に統制していかないとなにをするか分からない。

商人は良くも悪くも敵も味方もなく、まして元の世界のような法の規制もモラルもない。

自由で競争力溢れる経済は理想なんだろうが、管理して規制を設けないと平気で国ですら売るからね。

商人の税も将来的には利益に応じたものにするべきなんだろうが、果たしていつになるのやら。オレが久遠一馬として活動しているうちは難しいのかもしれない。

現状では商人を保護して銭を手に入れるばかりではなく、将来を見据えて管理していく方策を考え準備するべきだろう。

「武家が商人を従えるか。また寺社が騒ぎそうな策だな」

「寺社の既得権は、本来は朝廷が持つべきもの。訳もあるのでしょうし、過ぎたることを責めても仕方ないと思いますが、いずれは日ノ本の統一された国ですべて管理しませんと」

信秀さんはオレの言葉になんとも言えない顔をした。寺社の扱いは相変わらず難しいからね。

既得権を切り売りしてきた朝廷のツケというか、寺社の上層部は朝廷の親戚や子弟ばっかりだ。

それがいつの間にか朝廷や幕府すら手を焼く存在になったんだから、既得権の恐ろしさを感じる。

寺社は仏や神の道から外れた存在だったと、きちんと歴史に残して教育していかないと。

政治や学問にも口出し無用にしたいくらいだ。少なくとも規制は設けなくてはならないだろうね。

本当に道のりは果てしなく遠いよ。

side：アーシャ

学校には沢彦宗恩殿など多くの師がいるわ。私たち以外は隠居した武士もいるけど、寺社の人も多い。

「では始めましょう。よろしくお願い致します」

定期的に学校の師が集まって評定をしている。これは私から師をしている皆様にお願いしたことなの。価値観の違う私たちと、この時代の師の皆様との話し合う時間が欲しくて。

当然子供たちのことや生徒、この時代流に言えば学徒のみんなの様子から指導方法なども話し合うわ。

「子に学問を教えるというのは面白うございますな。覚えが早い子もおれば、わしなど思いもしないことを言い出す子もおる」

師の皆様には、子供たちの自由な発想や疑問を聞いてあげることをお願いしている。最初は戸惑う人もいたけど、今では子供たちとのコミュニケーションを楽しんでいるようでなによりだわ。

学徒のみんなは未だに身分のある武士の子が多い。でも孤児院や牧場の領民の子供たちもいるし、商人の子や近隣の子供たちも増えている。

あと大人では警備兵や久遠家家臣に、忍び衆も時間があれば来てくれる。字が読めるようになったと喜び、学ぶことを楽しいと言ってくれる人もいるわね。

そんな時がなにより嬉しい。

「ほぼ上手くいっておると言えよう。されど合わぬと来なくなる者もおりますな」

無論、課題はいろいろとある。

師の皆様も頭を悩ませてくれているけど、一番はこの時代では大勢の者たちを一緒に教えるということがあまりないこと。

両親や家臣や僧などから教わるので、集団での生活や勉学に慣れていない子もいるのよね。一国一城の主というわけではないけど、家では他人に気を使うという経験がない子もいる。

「ひとりひとりの子と向き合っていくようにお願い致します」

答えや結果を早急に求めては駄目なの。ひとりひとりの子と寄り添いながらみんなで考えて育てていく。そんな形を私はつくりたい。

幸いなことに皆様も理解してくれているわ。このまま一緒に頑張りましょう。

side：久遠一馬

「一部の寺が願証寺に織田の様子を知らせておるようでございます」

「うーん。判断に悩むね」

服部友貞の元領地の戦後処理も一段落して、市江島では検地も進んでいると望月さんから報告が入った。ただ、懸念していたことのひとつが明らかとなった。

一向宗の寺を探らせていた忍び衆が、願証寺と領内の寺との間で文のやり取りをしていることを掴んだ。

「当然と言えば当然のことでございますな。織田の噂は願証寺も聞いておるはず。探らせるくらいはするでしょう」

資清さんも驚く様子はない。

市江島は服部友貞の領地だったが、事実上、願証寺の勢力圏になる。領民も寺も織田より願証寺との繋がりが強い。市江島の情報は今後も願証寺に流れると見るべきだろう。

敵対しているわけでもない現状では、情報を送るなとは言えない。そして宗教の強みはそこだ。全国にある同宗派との繋がりがあること。

「エル。どう思う？」

「敵対したくないからこそ情報を集める。現状ではその可能性が高いと思います。こちらはそれを最大限利用すべきでしょう」

まあ近くなんだし助け合ってきたんだ。領主が新しくなれば不安にもなるし情報のやり取りは仕方ないことだろう。

ただ一向衆との長い戦いが、すでに始まっているのかもしれない。

養殖などの新技術は当面見合わせだな。一向衆に流れる可能性がある。坊主とすれば悪意ではなく、善意で願証寺に伝える可能性だってある。

市江島のある一帯は輪中という川の河口付近にある島を、堤防で囲い住んでいる場所だ。海の新技術は喉から手が出るほど欲しいだろう。

とはいえ一向衆に力を与えるのは危険すぎる。

「出雲守殿。市江島と願証寺の繋がりを引き続き見張ってください」

「はっ、お任せください」

「当面は持ち出しが多くても銭と人を投入するしかないね。一向衆に織田の統治を見せ付けないと駄目だ」

考えれば考えるほど市江島は面倒な場所だね。漁業をさせて海産物を買い取り、市江島を尾張の経済圏に組み込まなくてはならないだろう。

まずは一向衆にも分かるように、以前より確実に食えるようになったと思わせなくては駄目だ。流民と領民を使って埋め立てや、輪中の堤防の強化も早めに始めるべきか？　完全に赤字だよなぁ。一向衆への宣伝工作費用と思って割り切るしかないか？

織田に従えば飢えない。それが一向衆から領民を切り離す第一歩になるはずだ。

経済的な繋がりが出来れば、領民も願証寺より織田に親しみや帰属意識を持つと思うんだが。

「やはり寺社は厄介でございますな」

「出雲守殿は近江の出身だから、その辺りに詳しいのか」

「それほどではありませぬ。されど近江には叡山がありますので噂程度は……」

現在、家臣以外の忍び衆は望月さんが動かしている。

資清さんより忍びを使うのに慣れているし、一向衆なんかの寺社が厄介なのも理解して上手く情報を集めてくれている。

ただ気になるのは忍び衆も含めて、この時代の人は信心深いことだ。

仏罰や祟りを恐れるのも普通だし、寺社が危険だと理解しつつ同時に畏怖するのが本音だろう。

宗教は難しい。あからさまに否定しても理解してくれないだろう。現代でも、困ったときの神頼みという言葉が普通に使われているぐらいだ。

家中のみんなには、歴史を学んでもらう必要があるのかもしれない。

腐敗と分裂を繰り返す仏教を客観的な歴史として勉強してもらえば、寺社には超常的な力を操ることなど出来ないと考えられるかもしれない。

神や仏と宗教は別物だ。当人たちがどう考えているか知らないが。

それを世の中に知らしめる礎は築いておきたい。

「殿。少しお耳に入れたいことが……」

市江島の話が一段落すると、太田さんが少し困ったような表情でやってきた。

「なにかあった？」

「清洲のある酒問屋が家中の者の妹を銭で買いあげて、無理やりに血縁関係をつくろうとしておるようでございまして」

守護である斯波家の元家臣だった太田さんは尾張と清洲に詳しい。ウチでは珍しく以前から尾張の武士だった人なので、尾張のあちこちに繋がりがあるみたい。

そんな太田さんの報告の内容に思わず驚きと苛立ちを感じた。

相手はウチと取り引きがない清洲の酒問屋らしい。なにかと汚い商売をしているらしく相手にしていない商人なんだけど。

金色酒を扱いたいようで陰でいろいろと動いているのは知っていたが、ウチではブラックリストの商人として最早話題にすら上らない相手になる。

前に伊勢守家と対立するかという時に、清洲で米を買い占めて値をつり上げようとした商人のひとりであり、痛い目を見たはずなんだけどね。

農家出身の家臣の実家に目を付けたようで、借金の証文を手に入れて家臣の妹を強引に嫁にしようとしていると。

家臣の義理の弟になることで、ウチと取り引きのきっかけに……。なんてならないのに。

時代的にあまり問題はない。というか家臣の実家からすると裕福な商家なだけに喜ぶような話なのかもしれないが、オレが嫌っている商人なだけにその家臣が困っているらしい。

舐められているな。そんなことして認められると思われた時点で。

「さて、どうしようか」

「ここは強気に出て絶縁状でも送りましょう」

「そうだな。太田殿。悪いけど絶縁状を届けて、ついでに借金の証文を買い取ってきて。以後ウチに関わろうとしたら潰すからって」

念のためエルと相談するも、穏便に済ませる必要はないと判断したようなので、一気にけりをつけよう。借金さえ返せば問題はないはず。

やはり尾張の商人にもピンからキリまでいるね。オレたちの存在もあり尾張の商人は儲かっているのはいいが、ろくでもない商人も一定数は存在している。

領地が広がって間もないので放置しているけど、エルの勧めもあるし一度ガツンとやるべきだな。

家臣に農家出身や他国の人が多いからって舐められている気がする。

「あと取り引きのある商人たちにも絶縁したことを知らせようか」

「そうですね。手配しておきます」

話せば分かる。なんて建前はこの時代では通用しない。

元の世界でも似たようなものだけど。大将が舐められれば家臣やその縁者にまで迷惑が掛かる。

「その妹さん。ウチで雇うか。落ち着いたら家臣かウチに近い人に嫁に行けば、悪いことにはならないだろう」

「この件、裏には清洲の酒座がいるのかもしれません。少し調べてみましょう」

妹さんの今後を相談しつつ、エルは背後関係も調べるようにと口にした。

商業優先なんで商人には甘くしているんだけど、騙すようなことをする者や座のように自分たちの既得権の強化と敵対する人の排除に熱心な者もいる。

武士の教育も必要だが、商人の教育も必要なのが現状だろう。

尾張にも当然ながら独占的な組合というような座は存在する。と言っても津島と熱田は事実上織田の統制下にあるが、清洲や上四郡はそこまで出来ていない。

いっそのこと清洲に限定して座の解体でもするか？　いや反発されるな。市や座はまたもや寺社と繋がりがある。

それに自由な商売は推奨したいが、同時に監視と規制する仕組みも必要だ。

利用出来る仕組みは利用したほうがいいのかもしれない。

ちなみに清洲の酒座は、存在はするが有名無実化しつつある。信秀さんが自分に忠実な津島と熱田の商人を清洲に呼んじゃったからね。

それに金色酒も清酒もエールも、今のところはウチでしか造れない。織田家の家臣であるウチが酒の流通を支配していて、濁酒しか扱えない酒座がなにを言おうと誰も気にしない。

一応、清洲の酒座も寺がバックに付いているらしいから、銭を渡して懐柔でもするか。利権と違って銭はいつでも止められるから便利だ。

尾張の寺は大人しいから食うに困らなきゃ騒がないと思う。

side：太田牛一

「何故、久遠様はそれほど某を疎まれるのでございますか！」

殿の命により酒問屋に対して絶縁状を渡して、家臣の実家が抱えておった借金の清算を済ませようとしたが、やはり素直に納得せぬか。

下手に出ておるものの、恫喝するような顔つきでこちらを睨んでおるわ。

聞いたところによると、元の借金は数年前からあり、利息の支払いすら遅れ気味だった。特に贅沢をしたわけでも散財したわけでもない身内の不幸などでつくった借金。

元はとある寺が貸しておって、そこまで取り立てを厳しくしておらなんだようだ。しかし目の前の酒問屋がその借金を買い取りして妹を嫁に要求した。

特におかしな話ではない。ようある話なのだ。恐らく殿でなくば関わることもせぬであろう。

「それを己に言わねばならぬ理由はない。誰と商いをされようが、それは殿の勝手だ」

ただこの酒問屋は大和守家の坂井大膳と昵懇だったこともあり、好き勝手しておって評判がすこぶる悪い男なのだ。

大和守家に多額の銭を献金したり貸し付けたりしておったからな。寺と武家の双方にいい顔をして、民からは無理やりに相場よりも遥かに安い銭で、米をはじめなにもかも買い叩いておった。

下手な武士より権勢があったのは確かであろう。

それが大和守家が滅び貸した銭がすべて返ってこぬばかりか、織田の大殿には見向きもされぬことに苛立ち騒いでおる愚か者だ。

「なっ⁉　それはあまりの言い種ではありませぬか！」

「己が今までなにをしてきて、なんと言うておったか。わしが知らぬとでも思うておるのか？　守護様を傀儡の御輿にもならぬ役立たずと罵り、殿を氏素性の怪しい下賤の者と言うておること。知らぬと思うてか？」

それにこの男は口も悪く軽い。

遊女屋に出入りしては守護様や織田の大殿の悪口を自慢げに語る癖がある。

坂井大膳が健在ならば多少のことでは障りなかったのであろうが、大和守家が滅んで以降も散々悪口や愚痴をぶちまけておるらしい。

遊女屋も以前とは違い大殿に見向きもされぬこの男を迷惑に思うておろうな。

「二度は言わぬ。銭は持参した。証文を渡して娘を連れてこい」

話して通じる男ではない。これで応じねば兵を挙げてもはっきりと示さねばならぬ。


「某、久遠家家臣。太田又助。殿の命によりそなたを迎えに来た」

「太田様……何故」

「このようなところの嫁になっては、そなたのためにならぬ。弥彦殿も家族も心配しておる。さあ、帰ろう」

男はしばしわしを睨み付けてから、証文と無理やりに奪った娘を連れてきた。

娘の表情は暗い。あまりいい扱いではなかったのであろう。

「今後は、二度と久遠家とその縁の者に関わることを禁ずる。直臣ばかりではない。郎党やその親戚縁者も含めてだ。破れば一族根絶やしにする。そう心得よ」

供の者に娘を連れて先に外に行かせると、わしは愚か者に最後の一押しをする。

ただの脅しではない。殿は家臣の妹がこのような形で利用されたことに珍しく不快そうな表情をなされた。

温和で甘いお人だが、家臣や郎党が傷つき不幸になることは逆に驚くほど嫌がられるからな。

「ありがとうございました」

「礼ならば殿に申し上げよ。そなたはしばらく兄の弥彦殿のところに住むがいい。しかるべき時が来たら、よき縁談を取り計らうと殿も仰せゆえ案ずるな」

酒問屋を出ると娘は明るい表情で笑みを見せてくれた。

那古野に帰る途中で話しを聞くと、殿が取り引きをしてくれねば殺してやると脅されておったようで怖くてたまらなかったらしい。

農民の娘のようだが器量は悪くない。村に返せば出戻りと言われるであろうし、那古野の屋敷で奉公させるべきだな。

久遠家には若い独り身の者が多い故、縁談の相手には事欠かぬであろう。

「そういえば、名を聞いてなかったな」

「お藤と申します」

さて、残るはあの酒問屋が大人しくなるかだが……。

なるまいな。織田の大殿に潰す口実を与えるだけであろう。

side：お藤

遊び呆けていた兄が織田様のご家臣の下で働きだしたと、最初に聞いた時には嘘だろうと村の誰もが笑っていました。

確かに兄は織田の若様に呼ばれることはありましたが、身分が違いますし礼儀作法も知らぬはずでございます。

それが那古野の久遠様というお方の家臣となったと、突然身なりを綺麗にした兄が家に帰ってきて話したことも、正直なところ半信半疑でありました。

事の真相が村に伝わったのは冬のことでした。

兄が久遠家の薬師の方様のお供で、村に流行り病の治療に来た時です。

村の者の中には、兄が賊にでも手を貸しているのではないかと言っていた者すらいましたが、彼らの驚いた顔は今でも忘れられません。

正月にはお酒や餅に魚まで持って帰ってきた兄に、両親は本当に喜んでおりました。

それがつい先日のことです。あの酒問屋の笹屋さんが家に来たのは。

数年前に祖父母が病に倒れて祈禱を頼みましたが、残念ながら亡くなり、葬儀を出した時の一連の借財の証文がなぜか笹屋さんの手に渡っておりました。

目的は兄が仕える久遠家に取り入るため。

笹屋さんの噂は私でも知っております。以前の清洲でご重臣だった坂井様のもとで好き勝手していた御用商人です。自ら牢人を雇い、民からは米や娘をただ同然で無理やり奪っていく男です。

清洲ではお武家様も笹屋さんとの争いは避けると噂を聞いたことがあります。それが変わったのは、久遠様が仕える織田のお殿様が清洲を治めるようになった頃だったといいます。

織田のお殿様は大変慈悲深いお方で、病の治療を銭も取らずにしてくれたほどのお方。笹屋さんは取り入ろうとしましたが出来なかったと評判です。

しかも笹屋さんが扱うお酒は、久遠様の造る新しいお酒に負けて売れなくなったとのこと。

清洲の町衆も笹屋さんには、思うところがあったのでしょうが。

「ごめんね。弥彦に知らせてすぐに借財を返せないか頼んでみるから」

父も母も牢人を従え証文を持つ笹屋さんには逆らえずに、私は笹屋さんに連れてこられました。

怖かった。役に立たなければ殺して見せしめにしてやると語る笹屋さんが。

早く兄が助けに来てくれるのを願い待っていると、意外なことに助けに来てくれたのは兄ではありませんでした。

太田又助様。

兄のような農民ではなく、以前は守護様にお仕えしていたお武家様です。

私は久遠様と太田様のおかげで、那古野にある学校と呼ばれている学問を教えるところで奉公することになりました。

本当に、本当に良かった。

聞けば借財は久遠様が立て替えてくださったようです。私と兄で奉公して返さねばなりません。

これからは死んだつもりで頑張ります。

お藤騒動。

現代では歌舞伎の演目のひとつとして有名な話である。

久遠一馬が、悪徳商人に無理やりさらわれた家臣の妹を取り返すために乗り込む話である。ただし、歌舞伎では一馬が直接乗り込み悪徳商人相手に大立ち回りをしているが、それは創作である。

この件は『織田統一記』の作者である太田牛一が残した、『久遠家記』にある事件を基に創作したものである。

本当の事件は太田牛一自身が、一馬の命で家臣の妹であるお藤という女性を取り返している。

商人の評判が悪かったのも確かなようだが、商人が久遠家に取り入るために家臣の妹を借金の証文をかたにして買ったのが真相になる。

もっともこの件は一馬の逆鱗に触れたようで、絶縁状を叩きつけたことは真実である。

皇歴二七〇〇年刊行の歴史書『新説大日本史』より抜粋

第一章　夏の日常

side：久遠一馬

「そなたはまた面白き事に巻き込まれたな」

この日、清洲城にて評定に出席すると、信秀さんに昨日の一件のことを指摘されて笑われてしまった。

信秀さんだけではない。織田一族や重臣の皆さんにも笑われている。無論、馬鹿にした笑いではなく、少しからかわれている感じか。

信長さんを除けば評定では一番年下。実力がどうとか以前に、多少いじられポジションなのかもしれない。

「申し訳ありません。あの酒問屋があまりにもしつこかったもので」

あの酒問屋。名前はなんて言ったっけ？

酒問屋は絶縁状を渡したその日の夜に夜逃げしようとしたところを、後ろ盾らしい寺の関係者に捕まった。どうやら酒問屋自身もかなりの借金を抱えていたらしい。

それともうひとつ。太田さんがお藤さんという女性を連れ戻した件が、清洲で評判になっちゃっているんだよね。

「悪徳商人から家臣の家族を守ったと。すっかり美談ではないか」

「若干誇張されていますけどね。私としては借金の支払いをして穏便に済ませて、以後は関わらないようにと絶縁状を送っただけでして」

噂が広がった訳と出所は、酒問屋の奉公人らしい。

太田さんがかなり強気に出たようで、有無を言わさずお藤さんを取り返した様子に、酒問屋の奉公人は久遠家が兵を挙げて攻めてくると動揺し騒いだらしい。

すっかり美談になっていて、オレと太田さんの評判はうなぎ登りだ。

酒問屋は元の世界でいうヤクザ者みたいな人だったようで評判が悪かっただけに、相対的にウチの評判が上がったらしい。

ただ絶縁状の効果とウチの影響力を気にして、最初に銭を貸していた寺や酒問屋の後ろ盾の寺からも謝罪の使者が来た。

最初に銭を貸していた寺はそれこそ被害者に近く、酒問屋と後ろ盾になっていた寺に半ば脅されて証文を手放したそうだ。

寺の金貸しというとイメージが悪いが、家屋敷に田畑や人を取り上げるような真似はしないまっとうな寺だったらしい。

一方、酒問屋の後ろ盾になっていた寺はあまり誉められた寺ではないらしく、酒座に影響力を持ち酒問屋と共に荒稼ぎしていた寺なんだとか。

とりあえず前者は含むところがないので、家臣の家族をよろしくと頼んで終わりだ。後者は諸悪の根源に近いので返事を保留しているが。

「寺と和睦はせぬのか？　わしのところにまで頭を下げに来たぞ」

「殿が和睦をせよとおっしゃるのならば、和睦しますが」

「さすがに寺に絶縁はやりすぎだ。なにが望みだ？」

「ついでに清洲の酒座をなんとか出来ないかなと」

酒問屋はもういい。後ろ盾の寺が捕らえて、夜逃げしようとした時に持っていた銭を奪い、足りない借金の分を寺でこき使っているみたいだしね。

問題はその後ろ盾をしていた寺だ。

「ふむ。そなたが新しく座をつくるか？」

「いえ、そこまではしたくありません。酒座はそのままにして、清洲での酒の販売を織田家の許可制にするように出来ないでしょうか？」

「寺社から座を取り上げるか」

向こうはウチと本気で敵対したくないらしい。今回の件でもここまで大事になるとは思っていなかったようだ。

寺が後ろ盾をする酒座に、多少でいいから酒を売ってほしかったのだろう。

ウチも以前のようにそこまで無防備に見えるほどじゃないからね。兵もいるし武器もある。ある程度向こうの面目を立ててほしかったのだろうと、資清さんが言っていた。

「それをするとなにかと騒ぎになるので、名目上は彼らの酒座のままにして、一定の禄を報酬として渡す形でいかがでしょう？」

「酒座の乗っ取りか。皆の者、いかが思う？」

エルたち、資清さんたちと話し合った結果、酒座の解体はちょっと問題になるというので。酒座そのものを織田家の支配下に組み込む方向でやれないかとなった。

面目とか名目は大切なんだよね。この時代。

「よろしいのではないでしょうか。いずれにしろ久遠殿が売らねば、奴らは困るだけなのですからな」

「そうですな。殿が許しを与え、久遠殿が売る。奴らには名目と僅かな銭を与えればよいかと」

「武士が商いをやるなどあまり聞かぬが、こうしてみると恐ろしく有利になりますな」

「寺社の顔色を窺わなくていいのは、確かに悪くない」

信秀さんは評定に出席している一同に意見を求めたが、酒座の乗っ取りに反対する声はないか。

座の有る無しに関係なく、ウチは信秀さんの許可の下で今まで商売していたからね。

普通にやれば酒座が邪魔をしたり、時には武力行使で潰しに来るが、武家を相手に武力行使など出来るわけがない。元の世界で言えば、ヤクザが交番を襲撃するようなものだ、警察が総力を挙げて潰しにいくだろう。

ちなみに津島や熱田では既得権に配慮している。あっちは信秀さんに逆らわないからね。津島神社や熱田神社が座や市をある程度は管理しているということもあるが。

それに津島神社と熱田神社は、流行り病の対策のときとか困ったときには積極的に人を出して協力してくれたこともある。

そのふたつとウチの関係が良好だからこそ、尾張の他の寺社とも良好なんだよね。

ただ、清洲はまだ新しい領地だから。流行り病の時に協力もしておらず、ウチとは疎遠なのも大きい。

「良かろう。ではわしが仲介して久遠家は酒座に加わり、酒座の許認可権を握ることにするか」

自分で提案しといてなんなんだが、なかなかヤクザな提案だね。和睦して酒座に加わらせるから支配権は寄越せって言うんだから。

最初から連中が織田家に協力的なら、他の選択肢もあったんだが。清洲での流行り病の対策に連中は協力しなかったから仕方ない。

side：ケティ

「いかがでございまするか？」

「大丈夫。順調。ただし薬はきちんと続けて飲んで」

不安げな柴田殿だが、大丈夫だと告げると表情が和らぐ。労咳の奥方の病状を日々心配しているのだろう。

仲睦まじい姿に見ているだけで嬉しくなる。

「次は熱田でございましたね。参りましょう」

柴田殿の城で往診を終えると次の往診先へと行く。移動は馬だ。ウチの奉公人が馬を引いてくれて、護衛の家臣もいる。

青々と育つ田んぼの稲を眺めながら、ゆっくりと進む。途中で出くわした領民には相変わらず拝まれることがある。困るけど下りて声を掛けると余計に感謝されて拝まれることになるし、仕事の手を止めてしまうことになるので『頑張って』と声を掛ける程度にしている。

「今日はいい天気でございますな」

移動中には奉公人や家臣たちに町の噂などを話してもらっている。私は聞いているだけだけど、噂話は面白いし、時々気になるものもあるから好きだ。

当然たわいもない話も多い。でもそんな話が生きているのだと実感出来るものでもある。

「これは、薬師の方様」

私は何時からか、薬師の方と世間で呼ばれるようになった。熱田で遊女屋を巡り遊女たちの検診をすると、遊女屋の主人と少し話しをする。

「近頃どう?」

「おかげさまで繁盛しております。三河など食うにも困っておるという話もあるというのに、尾張はそのようなこともなくありがたい限りでございます」

私は自ら対価を要求しないが、遊女たちの待遇を無理のない範囲で改善してほしいと提案して、一部は受け入れてくれている。

持ちつ持たれつ。困ったら駆け付けるし相談にも乗っている。金色酒やエールの酒が手に入らないと困っていたので手配してあげたこともある。

最近ではこうして休憩を兼ねて世間話をして、いろいろな情報を聞いてもいる。

「身辺にはどうかお気を付けくだされ。久遠様と奥方様のことを探る者が増えております」

男は遊女相手だと口が軽くなるらしい。間者の話を聞いたという遊女屋の主人が、私たちを心配してくれた。

「気軽に出かけられないのは残念」

「ははは、ご用命とあらば何時でもお呼びくだされ。某で良ければすぐに駆け付けまする」

価値観も生き方も違う。でも話すと分かってくれる。みんなで頑張っていこう。そんな私たちの想いを理解してくれていることが嬉しい。

熱田には屋敷を構えることになっているから、誰か任せるアンドロイドが来るはず。力になってくれるように頼んでおこう。

side：久遠一馬

「大きくなったなぁ」

今日は牧場に来ている。牧場の一角には二メートル五十センチを超える、大きな作物がある。牧場の孤児たちもあまりの成長スピードに驚いたその作物は麻だ。

元の世界では大麻とも言われ危険なイメージが強いが、日本では古くから麻を利用している。

今回牧場で育てたのはウチが品種改良をした無毒性の麻だ。医療用の麻も別に育てても良かったんだけどね。下手に広がると怖いから。

栽培はあまり手間がかからないみたい。一本一本の間隔がないくらいにびっしりと植えられた麻の畑は、少し異様な光景に見える。

「さあ、みんなで収穫しましょうね」

牧場の領民と孤児たちも総出で、今日は麻の収穫をする。

牧場は現在、望月家に任せている。もともと馬の飼養牧をしていた家系らしく牧場のほうは任せられるけど、農作物は彼らには分からないものばかりなので、動物や植物の育成が得意なアンドロイドのリリーが仕切っているみたい。

なんと言うか孤児はともかく、領民に対しても子供を扱う保育士さんみたいに接しているのは少しどうなのかと思うが。みんなは慣れているのか気にしていない。

元の世界だと麻は大麻として扱われているので、無毒性のものでも育てるのはいろいろ大変らしいが、戦国時代にそんな法律はない。

割とどこでも育つらしく、田んぼに出来ない荒れ地なんかでの生産に将来は期待している。

絹とか綿花も生産するけど、麻も生産していかないとね。

ちなみに類似するカラムシという植物があり、この時代だと青苧と呼ばれているものがある。

この青苧の産地は越後であり、かの有名な上杉謙信がこの青苧から取れる繊維を、青苧座を通して畿内に売ることで莫大な利益を上げていたと言われているものでもある。

そういえば、清洲の酒座を織田家が乗っ取ることにしたけど、青苧座も上杉というかこの時代だとまだ上杉を継いでいないので長尾家か。彼らが乗っ取っている。

義将などと持て囃されている謙信も青苧座の支配を強化していたらしいし、本来は三条西家の利権だったのに奪っているんだよね。

史実では他にも一向衆の弾圧もしているし、なぜあんなに美化されたのか不思議な人だ。

まあ武田信玄よりは信頼出来る人のようだけど。同盟破りの武田よりはね。

ただ、戦には強いんだよな。商いも積極的だったらしいし。

そもそもこの時代の越後は米所じゃない。日本海側だから冬には雪が降るし、越後平野は後世に干拓した場所なので、この時代だと湿地や沼地みたいな場所らしい。

ただ日本海側は北海道から南下していく史実の北前船の航路があって水運が盛んだから、その流通の富が入るみたいだけど。

越後も将来的には地味に織田とぶつかりそうなんだよね。

北海道からの産物をウチは南蛮船を使って運んできているから、彼らの日本海航路は使っていない。日本海航路の価値が微妙に低下している。

今のところ畿内には手を出していないから大丈夫だろうけど。伊勢湾と東海近辺はウチの独擅場だからね。

この上、将来的に青苧も麻布や木綿布が出回れば、距離的に離れている越後は不利なんだよ。どうなるんだろ。まあなるようになると思うが。

麻は捨てるところがないほど使い道がある。主に布にするけど一部は紙も作ってみよう。実は食べられるしね。麻の実は元の世界では七味唐辛子の材料のひとつになる。

領民や孤児たちはみんな笑顔で楽しげに収穫しているね。

食べ物じゃないけど収穫はやはり嬉しいんだろう。彼らの収入は収穫に関係なく保証しているが、収穫がないとそれも危ういと考えているのかもしれない。

当然オレも収穫に参加する。一般の武士も秋の収穫なんかは、領民と一緒に刈り入れするらしいしね。

今日は収穫のお祝いに赤飯でもみんなにご馳走するか。

side：織田信長

「花火か。いかなるものであろうな」

清洲の城で親父と久しぶりにふたりで酒を酌み交わす。いつの間にか親父も変わったと周りの者らは言う。

昔は恐ろしかった。そう語る者もおるが、近頃はまことに仏のようだと言われておる。

そんな親父は津島天王祭にて、かずが新しきことをするのを楽しみにしておるようだ。

すでに許しは出しておる。よく分からぬが好きに致せというものだ。近習が信じられぬと言いたげな顔で見ておったと爺が言うていたほど。

それほど大きな利になることではない。かずはオレにそう言うていた。ただ、皆に見せてやりたいともな。

　かかる銭にはオレも驚いたが、親父は必要ならば幾らでも出すと明言した。もっともかずは己のわがままでやるのだから銭は久遠家で出すと言うておるがな。

「かずの考えることは、よく分からんからな」

「それがよいのだ。他の者が考え及ぶようなことでは面白うない」

　去年の夏の終わりにふらりと現れたかずらは、すでに尾張に欠かせぬ者になっておる。

　織田弾正忠家は僅か一年も経たずに尾張を統一してしまった。それが久遠の者らの功であることは疑いようがない事実だ。

　自ら戦に出て弾正忠家を大きくしてきた親父が、戦を控えるようになった。にもかかわらず家は大きくなったのだ。家臣らの中には戸惑う者がおるほど。

　戦に対する考え方も変わった。かずとエルらは戦よりもその先を考え動いておる。

　織田はこの先、いかに導かれるのであろうか。親父ばかりでない。オレも楽しみだ。

side：久遠一馬

「広い屋敷だね」

　尾張に来てまだ一年も過ぎていないのに、また新しい屋敷が増えた。

　場所は熱田。前々から熱田神社の大宮司である千秋さんに言われていたんだよね。熱田にも店を出してほしいって。

ウチとしては熱田にも熱田神社にも配慮はしているが、商売の拠点は津島になる。

オレたちが来て以降、訪れる船や商人の数が津島と比較して以前より差が出ていたことが不満だったらしい。

「これでちょっとは津島の混雑が解消されるかな？」

「難しいでしょう。需要と港の受け入れ能力が、まだまだ釣り合っていませんので」

熱田に拠点を持つことに津島からの反発はない。

エルも若干苦笑いしているが、津島は完全に町の許容量をオーバーしていて、それどころじゃない。もともとは美濃方面への河川湊であり、伊勢湾の中核になるような港じゃないからね。

止めとして桑名との取り引き停止が追い討ちとなった。

以前は津島で扱えないような品物や取り引きは桑名に行っていたが、ウチと織田家が桑名と取り引きやめちゃったからね。

今も桑名が北伊勢の中核港であることに変わりはない。しかしウチに睨まれている桑名を避けたがる商人は少なくない。

結果として熱田に拠点を構えて、商売の一部をこちらに移すことにしたという事情もある。

「オーホッホッホ！　いよいよ私の時代が来ましたわ！」

「えーと。ほどほどに頼むよ」

熱田の拠点はお嬢様系美女の容姿をした、シンディに任せることにした。

ブロンドヘアの縦ロールで、スタイルはスリムにして十六歳の設定で創ったから、現在は十七歳ということになる。アンドロイドのタイプは万能型。本来は兵器開発から作戦立案まで出来る器用な子だ。

欠点は性格に少し難があるんだけど、なんでシンディが来たんだろう。

「じゃんけんで勝ったようです」

じゃんけんで仕事の担当を決めないでほしい。アンドロイドならば誰が来ても出来る仕事だけどさ。まあ暇なんだろうな。

人は津島から少し移動させて、忍び衆からも出してもらう。

それと新しい人も雇った。こちらは資清さんからの提案で、最初に雇った信長さんの元悪友の家臣たちの家族に、ウチで働かないかと声を掛けたんだ。

先日、お藤さんの一件もあったしね。牧場はそれなりに人がいるが、今も職人や村人が増えている工業村ではウチの仕事で働く人がまだ足りていない。

酒造りも製造量を増やしたいから人が欲しいし。

実際に今年に入ってからは、元悪友の家臣の兄弟なんかは事実上ウチで働いていたんだけどね。

彼らの禄はそこまで高くはしていないが、その辺の下級武士よりは恵まれている。オレはあまり深いこと考えていなかったけど、俸禄に合わせた人を抱えるのが常識らしく、いつの間にか増えていたんだよね。

なので今回は両親や姉や妹に、祖父母を対象にした雇い入れをした。

結果としてかなりの人が集まった。一応田んぼを継ぐ人を残した家もあるが、安定した収入を約束したこととウチの評判がいいことが理由だろう。

ただほとんどが農民で教育が必要らしく、今は学校と屋敷で彼らに基礎的な教育をしているところだ。年配者は子守りやウチで管理する屋敷や土地の下働きとして早くも活躍しているけど。

「最高の酒を造ってみせますわ！」

「いや、普通でいいんだよ」

ちなみに熱田でも金色酒と清酒とエールを造る予定だ。

需要がありすぎて生産量が足りないんだよね。普通の質でいいから頑張ってほしい。

そのままシンディも一緒に挨拶周りと視察に行く。シンディもこれからのことを考えて顔見せが必要だからね。

「いよいよ蒸留施設が完成したか」

「はい。高炉や反射炉の廃熱を利用出来ますので」

ちょうど工業村内に造っていたお酒の蒸留施設が完成した。この時代にしては立派な建物が頼もしく感じる。

蒸留酒。元の世界だと焼酎や泡盛で有名だし、ウィスキーやブランデーなど蒸留酒は種類も多い。

その歴史は古く紀元前のメソポタミア文明からあったとか。本当かは知らないけどね。

金色酒より手間がかかるから後回しにしていたけど、工業村で蒸留酒を造ることにより高炉の廃熱を利用することで燃料費が浮く。製鉄だけで儲かるんだけどね。収益源は増やしたい。

ちなみに最初は焼酎を造る予定だ。麦焼酎と蕎麦焼酎の原料が簡単に手に入るからちょうどいい。

蒸留技術自体は沖縄、この時代だと琉球にはすでにあるらしいので広めるのに抵抗はない。

まあ当面は技術的なテストをして、ここで造ったお酒を独占的に売り稼げればいい。工業村は織田弾正忠家の直轄地なのでウチの利益は大きくないが、酒造りをあんまりウチが独占してもね。

「銭湯は人気みたいだね」

「お風呂は贅沢ですので」

見渡すと銭湯に工業村内部の人たちが入っていくのを、エルたちと一緒に見ていた。

工業村はいつ来ても活気があるし、村の外に造った銭湯を中心にした小さな銭湯町も結構人気だ。清洲や津島を訪れた旅人が、噂を聞いて入りに来ることもあるとか。

工業村内部にも銭湯はあって、こちらは入れる人が限られているので無料にしている。

「混浴が当たり前って、少し違和感があるね」

「日ノ本では男女を分けるという概念がありませんので」

銭湯に関しては元の世界のような銭湯だが、ガラス窓がないので明かり取りの窓がある。そして男女の区別などない混浴だ。エルもちょっと微妙な表情になる。価値観はこの時代の人と違うからなぁ。

史実では江戸時代も基本的に混浴らしく、一時期男女を分けようとしてもあまり定着しなかったんだとか。結局、明治時代になり西洋化を進める過程で、男女を分けることを徹底するまでは混浴が一般的だったんだそうな。

当然、戦国時代の世に男女を分けるなんて発想はなく、工業村の銭湯は混浴だ。オレたちも下手に戦国時代にない概念を押し付ける気はないしね。

健康のためにもお風呂に入りましょうとは勧めているけど。

「汗を流していかれますか？」

「参りますわよ！」

工業村には内外の銭湯以外にも、代官屋敷や遊女屋にも高炉の廃熱を利用したお湯を供給している。

代官はオレだけど代理で滝川氏益さんが常駐している。前は牧場の代官だったんだけど、あっちは望月家に任せて、益氏さんは工業村の管理に専念することになった結果だ。

代官屋敷で報告を受けて仕事を幾つか片付けると、エルとシンディに誘われて昼間からお風呂に入ることになる。

いや、夏だし窓を開けてもお風呂は暑いよ。元の世界のような蒸し暑さはないけどさ。

「昼間から女性ふたりとお風呂に入るなんて、歴史に残ったら女好きのバカ殿呼ばわりでもされそうだな」

「日本史上でもっとも女好きという称号は確実ですわね」

結局お風呂に入っちゃった。窓を開けると露天風呂のようで気持ちいい。

ただ、シンディ。日本史上でもっとも女好きというのは酷いんじゃないか？

まあ複数の奥さんを持てるのって、戦国時代のいいところだね。

ウチの奥さんはみんなアンドロイドだから、戦国時代の事情とはちょっと違うけど。

さすがに女好きの称号は藤吉郎君にでもあげたいけど。そういや藤吉郎君どうしているかな。

正直、元の世界の歴史にある豊臣秀吉はあんまり好きではない。ただ竹千代君を見て思ったけど、あまり史実を意識しないほうがいいとは思っている。

織田家の関係者は特にウチの影響で、歴史も価値観も変わる可能性があるからね。

個人的には秀吉よりは弟の秀長のほうが家臣に欲しいけど。

どうなるか楽しみな兄弟ではあるね。

side：シンディ

深呼吸をすると新鮮な空気を感じられる。耳を澄ませば人々の活気が聞こえる。見上げるとどこまでも高い空が見える。

私は生きている。アンドロイドとして創られた私が、生命体としてこの戦国時代で生きていると思うと心が躍るような思いですわ。

あの謎の転移からもうすぐ一年。今も原因は不明です。私たちアンドロイドが一番心配した司令が元の世界に帰れないことは、本人も驚くほど未練がない様子。

みんなで生きる場所をつくろう。そうして始まったこの世界での生活は楽しかった。

敵らしい敵がいなくても、あらゆる事態を想定して動かねばならないこと。先が見えないという不安と希望。生きるという意味を私たちは身をもって理解した。

リアルの世界はとても厳しく、時には不快にすら感じる。

でも司令やエルたちがこの世界の人たちと交流して分かり合い、共に生きる姿は見ていて羨ましいと思った。

だから私は熱田の屋敷に駐在する人員に志願し、じゃんけんで勝ち取った。

「ねえ、手の空いている者をみんな集めてちょうだい」

「畏まりました」

熱田の屋敷は引っ越しも終わり、ようやく落ち着きましたわ。とはいえ、まだ商いや仕事に慣れない者も多い。

私はそんなこの日の午後、家臣や奉公人たちを集めるように命じた。

「お方様……？」

何事だと戸惑う者の様子に少し面白くて笑ってしまいそうになるわ。

「皆、座りなさい。私の好きな茶を淹れて差し上げますわ」

熱田の屋敷の家臣と奉公人たちは、元は農民だった者や甲賀で滝川や望月の下で仕えていた者など過去の経歴はさまざま。

私はその者たちに紅茶を淹れて冷えた羊羹を置いていきます。

「冷めないうちにお飲みなさい。暑い日に温かい紅茶もいいものですわ」

皆、緊張しているのが分かります。身分という違いと、日本人離れした容姿。どうしていいのか分からないのでしょう。

「そう、固くならずともよいのですよ。これから共に働くのです。近くの者と話しでもしてこの場を楽しみなさい」

「そういえば菓子の頃でございますな。那古野の屋敷では皆、役目の合間にいただいておりました」

戸惑う者が多い中で真っ先に気付いたのは、那古野の屋敷で働いていた者ですわね。

「うふふ、私はこうして皆で茶を飲むのが好きなのですわ。これからたまにこうして一緒に茶を飲みますわよ」

午後の休憩を兼ねて、久遠家では菓子などを皆に与えるのが習慣となりつつあります。

これからここ熱田の屋敷では、定期的にこうして皆で茶を飲むティータイムを設けることにしたのです。

共に生きる者たちには心にゆとりを持ち、日々の日常に楽しみを感じてほしい。無論、お酒での宴などもいいものですが、私は紅茶やお茶が好きなのでこうして皆で楽しみたかったのよ。

「このような美味いものをいただけるとは……」

「久遠様がいなかったらオレたちなんてなぁ」

それぞれにあまり馴染みのなかった者とも話しを始めて、会話が弾むのを見ながら私も紅茶をいただきます。

作法が整った茶の湯も悪くない。でもみんなで楽しめるお茶の時間もあってもいいと思いますわ。

私はそんな新しい茶の湯を尾張の人々に伝えたい。そう思いますわ。

side：久遠一馬

「孫三郎様。少し休憩致しましょうか？」

「うむ。そうだな」

どこからか蝉の声が聞こえていて、風鈴の音が涼を意識させる。この日は那古野の屋敷にいる。

元の世界と比べるとマシだが、暑い夏の日に信光さんは甲冑姿でいるんだから額に汗しているよ。

実は信秀さんの肖像画を見た信光さんが、自分も描いてほしいと押し掛けてきたんだ。守山城に呼ぶのではなくウチに来たのは、絵師が女のメルティであることとの配慮だろう。

まさか昼飯を食いたくて来たとは思いたくない。今日の昼飯の冷やしうどんをお代わりしていたけど。

「海の向こうは明だけではないのだな」

麦茶と水羊羹でおやつタイムになるので信光さんにも休憩を兼ねて出したが、信光さんはまだ下書き段階の絵を見て感慨深げな表情をした。

この時代の人は海外なんて明と天竺と朝鮮しか知らないことが多く、南蛮とは南から来る蛮族という意味になる。極端に言えば明と朝鮮以外はみんな南蛮扱いだ。

南蛮人。いわゆる欧州人のことも決して評価は高くないし、彼らが日ノ本を未開の地と見ているように、こちらも南蛮人を蛮族と見ている。

まあ尾張だとウチの影響でだいぶ印象が違うのだろうけど。

「まあ、そうですね」

「金色砲に酒に絵。いずれを見ても侮れぬな」

信光さんは南蛮を認めていると同時に警戒もしているらしい。当然だけどエルたちを見て簡単に信じたり敵だと決めつけたりするような、単純な人じゃなくて安心する。

まあエルたちやウチが抱える南蛮人は、遥か西からの流民ということになっている。故郷を追われた者たちということで多少の同情などもあるんだろうね。

「信仰している神も違えば生き方も考え方も違いますから。厄介な相手です」

「ほう。仏や八百万の神ではないのか?」

「ええ。私もそんなに詳しくないんですけど、彼らの神はこの国の神とはまったく違う存在らしいです。彼らの神はひとりしかおらず、他の仏や八百万の神を認めないようです」

水羊羹を頬張り、南蛮について雑談交じりに教える。やはり驚きは宗教だろう。

この時代の日ノ本の人にとって南蛮は、元の世界の人間が宇宙人や異世界人を見るような感覚なのかもしれない。

神や仏が信じられている時代だからね。それとまったく違う神で、仏や八百万の神を否定すると聞くとイメージは良くないだろう。

「信じられぬな」

「恐ろしい者たちですよ。南蛮の領主や王より権威があり、異なる神を信じる者を認めず、武力による討伐を命じることもありますから。日ノ本で言えば一向一揆を起こすような者たちと同類です」

実際にこの時代のキリスト教は危険なんだよね。

史実において織田信長はキリスト教を認めたが、どちらかと言えば好き勝手する仏教勢力への対抗策に思える。信長自身がカトリックを信じたなんて話はないしね。

結局は秀吉がバテレン追放しても危険性がなくならず、江戸時代には禁教令が出ても一部の信者が明治まで残るんだから怖い話だ。

宣教師も一向衆みたいに、都合がいいことばっかり言ったんだろうな。

それに日ノ本の人は欧州の歴史なんて知らないからな。幻想でも抱いたのかもしれないけど。

とにかく身近な織田家中から南蛮人と宣教師の危険性は知ってもらわないと。ぶっちゃけ仏教と同じで腐敗と争いを繰り返していると言えば理解してくれるだろう。

そういえば信光さんも、長生きしたら地味に歴史に影響しそうな人だ。

史実だと織田信光が亡くなった原因に信長の暗殺説もあったけど、どうなんだろうね。当時の信長の状況でそれはあまり考えにくい気もするが。

野心のひとつやふたつはありそうだが、それを言うのならば野心のない武士を探すほうが難しいだろう。

内政はあまり得意ではなさげだけど、力で支配すればいいというほど乱暴でもない。信秀さんのやり方を家臣に真似させているらしいし侮れない人ではあるね。

side：メルティ

「クーン」

孫三郎様が帰った後も続けて絵を描いていると、ロボとブランカがやってきた。なにをしているのかと見ているような様子ね。

「フフフ、遊んでほしいのかしら？」

すぐに足元にじゃれつく二匹に、私は思わず笑いだしてしまい筆をおいて撫でてあげる。温かい生命の温もり。私を信じて甘えてくれる二匹に幸せを感じる。

「あら、こんなところにいましたね。殿が散歩に行こうと探していたのですよ」

しばし撫でてあげているとお清殿がロボとブランカを探しに来たわ。もうすぐ夕方になる頃だものね。散歩に行く時間だわ。

ロボとブランカは散歩という言葉に反応して、一目散に司令のところに駆けていく。うふふ、元気ね。

「いつ見ても素晴らしい絵でございますね」

そんな二匹を見送ると、お清殿が描きかけの絵を見ていた。

「本職のつもりじゃなかったのよね」

尾張ではいつの間にか私が絵師だと思われている。本当は趣味だったんだけど。

ギャラクシー・オブ・プラネットには、第二のリアルと言えるだけの多様性があったわ。攻略に関係のない娯楽や趣味も細かいことまで充実していた。そんな趣味でしかなかったのよね。

「そうなのでございますか？　これほどの絵を描けるのに……」

「どんなことが役に立つか分からないものよ。お清殿も興味のあることに挑戦してみるといいわ」

芸は身を助けるなんて言葉があったわね。私の場合はちょっと違うけど、なにが役に立つかなんて分からないものだわ。

先日には絵を描く授業を学校でした。生徒は子供たちばかりかと思ったけど、隠居している年配者も何人かいた。聞けば絵を描くのが好きだというそれなりの身分の人だった。

子供たちと身分ある年配者。意外に上手くいって双方楽しそうにしていて、私も教えるのが楽しかったわ。

お清殿や家臣のみんなにも趣味のひとつでも持てるようにしてあげたいわね。

side：久遠一馬

この時代の暦って旧暦だから、未だに慣れない。

旧暦の六月半ばになると津島天王祭がある。新暦にしたら七月の末くらいか。尾張の夏祭りだね。

当然ながら熱田のお祭りに続き、津島のお祭りにも参加するつもりだ。

ただ今回は打ち上げ花火を上げて、みんなを驚かせたいと思っている。

日本の花火の歴史は諸説ありはっきりしない。史実で確実なのは江戸時代初期に、家康が駿府で花火を献上された記録があることとか。

「エル。花火はどのくらい用意した？」

「五百発分を用意しました」

「ちょっと少なくない？」

「火薬が高価なのでこれでも多いくらいです」

家康が見たものは打ち上げ花火じゃなかったらしいし、だいぶ歴史を先取りすることになるけどね。津島天王祭で花火を打ち上げる予定だ。

さすがに元の世界のような色鮮やかな花火は自重する。

あと表向きは織田家による奉納花火にする。ウチが単体でやるには少し目立ち過ぎるしね。歴史にも残りそうだから信秀さんに命じられてやったことにしようと思う。

信秀さんにはまた新しいことをやるのかと笑われたけど。好きにしていいと言われている。楽しみにしているらしく、正室の土田御前や側室さんや妾さんに子供たちとみんなで見に行くみたい。

「花火を普及させたいけど、戦国時代が終わるまで無理っぽいね」

「無理ですね。花火の技術は戦に応用も出来るので、当面は外部に漏らせません」

「やはりそうか」

「織田家の力を内外に示すと考えると、意外に費用対効果は悪くありませんね。私もちょっと驚きました。京の都の馬揃えよりも遥かに効果はあるでしょう」

火薬の相場から試算した費用の見積りを見ると、さすがにビックリする。もちろん花火自体は宇宙で作り運んできたものだから実際には安いんだけどさ。

それでも相場換算でも、費用対効果はいいとエルですら驚いている。力を内外に示す。意外に大変なんだよね。

「ちょっと、目立ち過ぎかな」

「今更ですね。そろそろ各方面から警戒もされますし、畿内の諸勢力でも様子を見ているでしょう。偶然ですが、武力と財力を示すには絶好のタイミングになります」

別に花火に外交的な意味を持たせなくてもいいんだけど。素直に楽しむだけじゃいけないのが、戦国時代の難しいところだね。

元の世界だと田舎でも年に一度は花火大会があったんだけどな。

「あれは？　線香花火。あれなら大丈夫じゃない？」

「そうですね。安くは出来ませんが、商人なら買うかもしれませんね」

打ち上げ花火で驚かせて、線香花火を売ろうかと思い付く。

仕組みが簡単だから真似されそうだけど、線香花火くらいなら真似されても構わないだろう。ついでに織田家中の皆さんには夏の贈り物として線香花火をあげれば、花火の良さを知ってくれるはずだ。

あと夏といえば蚊取り線香もまだ販売はしていないけど、家中に配り反応を確かめている。

こちらも評判は上々だね。この時代だと自然が多いし、エアコンもなければ家の気密性もない。

蚊帳という昔からある蚊の侵入を防ぐ網のようなものはあるので、ウチでも使っているけどね。

蚊取り線香に似た物は実はこの時代にもある。古くは平安時代からあったともいわれる蚊遣り火というもので、煙で燻して蚊を追い払うらしい。

ただ蚊取り線香の主成分の除虫菊がこの時代の日本にはないので、効果は蚊取り線香のほうが上だ。

それに煙も少なく長続きするのでこちらのほうがいい。

そんなに儲けようと考えているわけじゃないけどね。蚊取り線香は普及させたい。日本脳炎の様に蚊を媒介とする病気はこの時代にもあるんだ。

将来的には、これも除虫菊の生産から蚊取り線香の製造まで国内で行いたい。南洋諸島とかあっちに進出するなら蚊取り線香は必須だろう。

向こうは蚊に刺されるとマラリアに感染する危険もあるし、少しずつ必要なものを揃えていかないとね。

side：ジュリア

照りつける太陽と吹き抜ける風。夏だね。

必ずしも快適とは言えない日もある。でもアタシはこのリアルな世界が好きだ。

今日は特に予定もない。那古野の屋敷を出て気の向くまま馬を走らせる。

「これはお方様、お出かけでございますか？」

「ちょっと遠乗りにね」

農作業をする人たちに声を掛けられるのも慣れたね。ケティやパメラほどじゃないけど、アタシも流行り病の時に働いたせいか声を掛けられることがある。

青々と育つ田んぼの稲も道端に生える草花もみんな生きている。これが本当のリアルなんだと思うと興味が尽きない。

津島にでも行こうかと那古野から西に進むと、人だかりが出来ていた。

「少し見て参ります」

護衛の家臣が何事かと人だかりの確認に行った。アタシは守られるほど弱いつもりはないんだけどねぇ。武士の嫁がひとりで出かけるような時代じゃない。

確認に行った家臣が戻るまでもなく人だかりの隙間から見えた。複数の男たちの喧嘩だね。よくあること。その一言に尽きる。

「そなたら道を開けよ」

普通、喧嘩くらいでいちいち介入はしない。双方ともに旅の牢人だろう。

ウチの家臣が声を掛けると、人だかりの野次馬と喧嘩をしていた者たちが道を開けた。

牢人たちはアタシを見て驚いているけど、こっちに喧嘩を売るほど愚かじゃないらしいね。

特に関わることもなく進む。ここが織田家直轄領なら一声掛けて喧嘩を止めてもいいけど、ここは確か国人領地だ。勝手なことは出来ない。

「ここは賑やかだね」

「熱田の屋敷でやっと一息ついたネ」

アタシはそのまま津島に来た。屋敷は相変わらず大勢の人で忙しそうだけど、リンメイいわくこれでも落ち着いたらしい。

桑名との絶縁以降、近隣の商いの中心が津島に移ったためだろう。尾張や美濃の品も桑名に集まったと言われるほどだったけど、尾張や美濃の商人が織田とウチとの関係を気にして桑名を敬遠すると、必然的に津島に集まった。

「早いとこ蟹江の港を造らないと困るネ」

「直に工事が始まるはずだよ」

津島の商人も驚いているそうだ。これほど忙しくなるものかとね。熱田にはシンディが来た。リンメイと協力してすぐに動くから大丈夫だろうけどね。

あいにくとアタシには向かない仕事なんだよねぇ。

side：久遠一馬

「いい感じに育っているね」

「はい。村の者も喜んでおります。隣村の稲より茎は太く育っております。稲刈りが楽しみでございますなぁ」

久々に農業試験村の視察に来ると、年配者と女衆が田んぼの雑草取りに励んでいた。若い男衆全員と女衆の半数ほどが清洲の普請に働きに出ていて、残りの女衆と年配者だけで農作業をしているみたい。

稲の生育は悪くない。長老さんの話だと周りの村の田んぼより生育が良いらしい。

塩水選別が良かったのか、正条植が良かったのか。両方かな？　この辺りは調査してみよう。

雑草取りはだいぶ楽になったみたい。正条植のおかげだろう。あとは収量次第だね。

「大豆と蕎麦も順調か。大豆は枝豆のうちに、いくらか収穫してみんなで食べるといいよ」

「ありがとうございます」

村では他に大豆や蕎麦も植えている。作物を米一本にするのは災害が起きたり病気が流行ると危険だからね。

大豆はもうすぐ枝豆として食べ頃になりそう。村の人たちって遠慮するのか指示をしないと食べないからな。枝豆くらいは頃合いを見計らって食べるように言わないと。

二十日大根とモヤシの影響か栄養状態も悪くない。

「そういえばヤギはどう？」

「あれは手間がかからずようございますな。乳も皆で飲んでおります。美味しいですから喜んでおります」

そうそう、ここにもヤギを牡と牝を一組置いていて、ヤギの乳を薬としてみんなに飲むように言ってある。

最初は体にいいからと言うつもりだったんだけどね。薬として飲ませたほうがいいと忍び衆からアドバイスをもらったんで、薬としてみんなで順番に飲むように言ってある。

長老さんの反応はいいが、ヤギ乳で美味しいのか。昨年までの食生活がよほど酷かったんだろうな。

「他国の者が少し様子を見に来ております」

「間者かな？」

「恐らくは……」

長老さんに続いて会ったのは、村の代官屋敷を任せている家臣だ。

村には忍び衆の一家にオレの代わりに代官屋敷を任せているんだけど、最近はとうとうここにまで他国の間者が来ているようだ。

目当ては金色砲と金色酒だろう。この村に金色酒の秘密でもあるのかと探りに来ているのか？

「田んぼを見ているの？」

「はっ、目立ちますので。ただ村に特別なものがないと理解してか、時折様子を見に来る程度でございますが」

正条植は隠せないしね。別に見られてもいいんだが。

問題は尾張に間者の出入りが自由なことだろう。とは言っても山の中を自由に移動する素破を、現行の技術レベルで防ぐのは並大抵の苦労と労力では出来ない。

「木酢液は漏れたかもしれませぬ。近隣で噂になっておりますれば」

「いいよ。作り方は今のところウチしか知らないし。仮に作り方を見つけてもあれひとつの影響はたかが知れている。無理に警戒しなくていいから」

任せている家臣は木酢液のことを懸念しているが、もともとこの村の技術は漏れても構わない想定でやっている。

どうせ来年以降に新しい農業を広げれば、とてもじゃないが隠しきれないからね。

それよりは近隣で噂になるだけ、効果をみんなが認めてくれたことが嬉しい。

「来年からは同じやり方をする村が増えると思う。オレたちの想定してないこととかあると困るから、村の人とよく話して愚痴とかいろいろ聞いておいて」

「はっ、心得ております」

この時代って、放っておくと問題とか報告が上がらないんだよね。ウチは細かいことも報告するように指導しているからいいけど。

トライアルアンドエラーとか教えるべきかな？

この農業試験村は織田家の家臣が視察に来るから、説明とか接待とか必要で地味に管理するのが大変なんだよね。代官代理の家臣にはお酒とか食べ物を融通しているけど。

秋には褒美を出すから頑張ってほしいもんだ。

side：リリー

「みんな〜、今日はこれを収穫しますよ」

早朝のまだ夜が明けたばかりの時間だけど、畑には孤児院の子供たちと牧場の領民に司令とエルたちの姿があるわ。今日は待ちに待った作物の初収穫の日なの。

トウモロコシ。原産地は南米で、元の世界で日本に伝来したのは戦国時代にポルトガル人がもたらしたという記録がある。

今回私たちが植えた品種は、宇宙要塞で品種改良したスイートコーンとフリストコーンになるわ。両方とも育てやすさや病害虫に強くなるように品種改良をしたものになる。

トウモロコシは元の世界では世界三大穀物のひとつにも挙げられる作物よ。

日本だと野菜のイメージがあると司令が言っていたわね。特にスイートコーンは乾燥させて保存する以外は、収穫してすぐに茹でないと確実に味が落ちちゃうからでしょうね。

今日収穫するのはスイートコーン。牧場にはいろいろと植えているけど、あくまでも試験栽培が目的であり、久遠家や織田家で消費するとなくなるくらいしか育てていないわ。

「これが新しい作物でございますか」

「採れたてを茹でると最高に美味しい」

不思議そうに見つめる家臣のひとりに、ケティが静かなる喜びを見せつつ収穫をして見せている。

先日収穫した麻ほどじゃないけど、トウモロコシもこの時代の人の身長かそれ以上の背丈があるわ。

この日はエルたちばかりか、津島のリンメイや熱田のシンディなど尾張に滞在するアンドロイドのみんなも集まった。

みんなの侍女や護衛も含めると、結構な人数が集まったことになるわ。よく手伝いに来てくれる千代女殿とお清殿も、皮と髭に包まれたトウモロコシを不思議そうに見ているのが少し新鮮で面白いわね。

よく知らないと、南蛮は裕福で食べ物が豊富な国に見えるのかもしれない。子供たちには真実をきちんと教育しているけど、大人にも教える必要があるわね。アーシャにその辺りのことを聞いてみましょう。

トウモロコシは乾燥させることで長期保存が可能になる。

日本だと米や麦に大豆もあるので、そこまで普及はしない気もするわね。でも作物の種類を増やせば食生活が豊かになるし、飢饉なんかにも対応出来るようになるはずよ。

「ケティ様！　こんなに立派なものが採れました！」

「皮を剥いて髭を取って。皮は繊維になるし髭は薬になる。あと芯は燃料になるし、茎や葉は肥料になる」

「パメラ様、こんなにおっきいの採れたよ！」

うふふ、ウチのアンドロイドの中で、どこに行っても人気があるのはケティとパメラね。

やはり医師であるアドバンテージが大きいのだと思うわ。散歩に出かけると野菜や山菜などを貰って帰ってくるほど。

この日もケティとパメラの周りには、孤児や領民の子供がいっぱいいね。

孤児に関しては、徐々にではあるけど増加傾向にある。倫理観も違えば、避妊という概念に乏しい時代なだけに、捨てられる子も一定数はいるのだろう。子供が増えても収入が増えるわけではないものね。

織田領の孤児を牧場だけで育てるのは無理だわ。いずれ孤児院は増やさなきゃ駄目ね。

育った子供たちが大人になって活躍してくれると、孤児院の意義をこの時代の人たちも理解してくれると思うけど、現状だと理解してくれている人は多くないわ。

問題は実の親ですら、平気で子供を捨てることね。史実だと江戸時代に徳川綱吉が、そのあたりも改革をしたと記録にはある。犬を優遇しすぎて後世で叩かれたらしいけど、綱吉の政策は基本的に悪くはないのよね。刀の試し斬りで野良犬を斬ってはいけないと命令しただけだと伝わっているわ。それが罷り通る時代だったってことよ。

綱吉が好んだ儒教は私たちの価値観とは合わない部分がある。史実ほど積極的に広める必要性はない。

仏教にしても儒教にしても、それぞれが時代や国で都合よく改悪されているわ。儒教自体が必ずしも悪いとは思わない。ただ私は別の形でモラルを向上させたいと思うわね。

あらあら、少し考え込んでいる間に、子供たちは早くもグツグツと茹でられるトウモロコシを飽きることなく見ているわ。自分たちで植えた作物だし楽しみにしていたんだものね。

子供たちの笑顔を見ていると、歴史にこだわりすぎずに助けられる命は助けたいって思うわ。たとえそれが偽善だったとしても。

side：佐治為景

「わざわざ済まぬな」

久遠殿から山に植える若木が届いた。届けてくれたのは太田殿だ。

織田領内の山々から集めた手頃な若木だという。まずはこれを山に植えればいいのだとか。聞けば畿内では、すでに植林をした山もあるらしい。

山に木がないと土砂崩れが起きるのは、わしでも知っておることだ。

「いえ。お役に立てていただければ、なによりでございます」

織田に臣従してまだ半年なのだが、我らの暮らしは変わった。

水軍としての税以外の実入りが桁違いに多くなった。鰯を干したものや小魚の醤油煮。海藻に海産物を干したものはすべて久遠殿が買うてくれる。

先の戦では銭や米を褒美として頂いたばかりか、拿捕した船まで頂いた。

それに加えて今度は、山に植える若木まで持ってきてくれるとは。久遠殿は相変わらず仕事が早いな。

「そうだ。頼まれておった虫除けの香の入れ物が出来たぞ」

「はっ。ありがとうございまする」

「あの香はいいな。まことに蚊に刺されなくなる」

仕事と言えば久遠殿に頼まれて虫除けの香の入れ物を作った。何故か猪の形をしたものをと頼まれたので作ったが。何故、猪なのだろうな。

まあ入れ物の形はともかく、あのぐるぐる巻きの形をした虫除けの香はいい。夏になると蚊が鬱陶しいが、あれを使えばまことに蚊に刺されなくなるからな。

「話は変わるが、津島の天王祭へ招く書状が届いておるが、久遠殿が新しきことをするという噂はまことか？」

「はっ。まことでございます。某も詳しくは存じませぬが」

先日には清洲の殿から津島天王祭へ招く書状が届いた。面白きものを見せるとの意味深なことが書かれておったのだ。

市江島のほうからの知らせでは、どうも久遠殿がなにやら支度をしておるとか。清洲の殿が命じたのか久遠殿が言い出したのか。久遠家家臣である太田殿でも仔細を知らぬとは楽しみよの。

いずれにしても、なにが起きるのやら。

久遠殿も我らには計り知れぬが、その久遠殿に勝手にやらせておる清洲の殿もまた計り知れぬ。

昨年の今ごろにいったい誰が、織田弾正忠家がここまでなると思うたであろうか。

伊勢の商人ですら争いを避けて、今川でさえも動けずにおる。尾張国内では大和守家が途絶え、伊勢守家は臣従した。三河の矢作川流域の国人衆も一気に織田に傾いた。

恐ろしいのはほとんど兵を動かさずに、それらを成したことであろう。

「そうか。あと、大湊と桑名の動きにはくれぐれも気を付けられるように伝えてくれ。なにか分かればこちらもすぐに知らせる」

「はっ。確かに伝えまする」

久遠殿は城や領地で世を見ておらぬ。品物と銭の流れですべてを制したと言っても過言ではあるまい。今の織田の敵は今川でも斎藤でもない。伊勢の商人なのだ。わしが言うまでもないのであろうがな。

いかに今川が強かろうと、伊勢の海の交易さえ握れれば織田は生きていける。

義元が海道一の弓取りとはいえ、兵糧攻めは堪えるであろうしな。

さて、届いた若木を植えるとするか。

side：久遠一馬

「三河がすっかり大人しくなったね」

「はっ。理由は幾つかあると思われまする。ひとつはお味方の態勢が整いつつあり安易に攻められなくなったこと。もうひとつは織田と今川の戦があると噂になっておりますれば、備えに忙しいのかと」

外は夏真っ盛りの晴天だ。

エルと資清さんに望月さん。それと太田さんなどの家臣を集めて、各地に派遣した忍び衆からの報告書に目を通しつつ情勢を分析する。報告してくれているのは望月さんだ。

畿内には銭雇いの伊賀者がいて、将軍が京の都に戻ったとの知らせも届いているけど。

どっかのゲームじゃあるまいし、情勢を分析するだけで一苦労なんだよね。この後、分析した情勢を信長さんと信秀さんに報告しないといけない。

「こちらの商人も陸路で三河に入っておりますからな」

現状で情勢が流動的なのは三河だ。第一に松平宗家があまり動かなくなった。今川に臣従する姿勢に変わりはないが、織田と織田に臣従する国人衆への攻撃は減っている。矢作川流域の国人衆も織田と今川の間でバランスを取り始めたのか、食べ物を奪うために小競り合いを仕掛けてくるのも減ってきた。

史実で織田に味方した西条吉良家を筆頭に、織田寄りの態度を見せ始めた国人衆も少なくないとか。

まあ連中はあまりアテにはならない。今川が本腰を入れて攻めてくればどちらに転ぶか分からないし、別に今川と手切れにしたわけではない。

ただ史実と違い矢作川の西側がほぼ織田で固まりつつあるので、織田と今川の間で双方の顔色を窺う者が矢作川流域に移っただけだろう。

「商いで優遇するのは殿の命令だからね」

三河に関しては信秀さんが搦め手で少し動いた。

松平方が国境の出入りを緩めたこともあり、尾張の商人が西三河を侵食し始めている。もちろん今川を刺激しないように、現状では慎重に個人の行商人を送っているだけだが。

織田寄りの態度を見せる国人衆には行商人を通じて僅かばかりの品を贈り、商いで優遇している。出来れば三河の人たちには、織田と今川の戦が起きると煽るのをやめてもらいたいんだけどな。

困ったことに織田が強いと知ると、今川と戦をして三河から今川を叩き出せると勝手な妄想をしている人たちが結構いるらしいんだよね。

「こちらから戦を煽るようなことは、しないようにお願いします」

「心得ております」

エルもそれを懸念してか、忍び衆を束ねる望月さんに念を押した。織田と今川が争えば漁夫の利を。そんな認識の人もいるのは仕方ないが、ちゃんと後先考えてほしいんだけどな。

「数年は国内の統治に専念すべきです」

現状は悪くない。一年前と比べると領地は広がったし安定しているだろう。ただし、今はいつ砂上の楼閣になってもおかしくない状況で油断は出来ない。

実のところそれはオレやエルのみならず、信秀さんですら同じ認識だ。せっかく統一した尾張を固めるための時間が欲しいのが本音になる。

織田家中にはもう美濃との和睦すら不要ではという楽観論を口にする者がいると聞くが、信秀さんは今こそ和睦が必要だと本気で交渉している。

ただ史実のように帰蝶姫が信長さんの嫁に来るかはまだ分からない。

あまり知られていないが、史実では同時に信秀さんの娘か養女を道三の側室にしているが、それも実現しない可能性がある。

現状ではこちらから人質を出す必要はないからね。力関係は史実の道三と信秀以上に開いているし。

とはいえ和睦すれば織田が保護している美濃の守護家である土岐頼芸を、道三……この時代でいう斎藤利政に押し付けることが出来る。

以前にも少し状況を確認したが、頼芸は以前に守護だったが道三により守護から降ろされていて、今でも守護に返り咲くことを諦めていないと聞く。

美濃の揖斐北方城にいて尾張には来ていないから、オレは会ったこともないけどね。

頼芸の後に美濃の守護になった甥はすでに亡くなっているから、彼を形式的に守護に戻せば織田はお役御免だ。

忍び衆が調べてきたところによると、頼芸は信秀さんにも不満があるらしく周囲に愚痴をこぼしているんだとか。去年予定していた美濃攻めを取りやめて以降、尾張国内の問題に専念する信秀さんが気に入らないのだろう。

それに大垣周辺も形式的に頼芸を立ててはいるが、実質的には織田領扱いなのも気に入らないらしい。まあ仏と言われて領民や国人衆の支持が信秀さんにあることが面白くないのだろうけどね。

もっとも彼が気に入らないと言ってもなにも影響はなく、むしろ斎藤家との和睦の口実にすらなりかねないが。

結局は酒好きで信秀さんが贈っている金色酒を飲み、趣味の絵を描く日々らしい。

確か奥さんが六角家の人だから一応警戒しなきゃいけないけど、史実を見ているとあまり問題にならなさそうではある。

正直彼の存在が邪魔で美濃の改革とか出来ないんだよね。

天文十七年夏、久遠家が熱田に屋敷を構えたことが『久遠家記』に記されている。

仔細は『久遠家記』と滝川資清の『資清日記』にある。久遠家の商いの拠点は津島の屋敷であったが、拡大し続ける商いに対応が難しくなってきたことと、熱田神社の要請があったとある。

前年に久遠家が商いを始めて以降、津島は一気に商いが拡大したようで、一説には桑名が服部友貞に加担した理由だとも言われている。

熱田はそんな津島に対抗心があったようで、久遠家に対して熱田での商いを頼んだと思われる。

もっとも一馬は当初から熱田での商いを考えていたことが『資清日記』に書かれている。津島・熱田・蟹江で連携しないと間に合わないと語ったとある。

なお、この熱田の屋敷は久遠流茶道と尾張流茶道の開祖である桔梗の方こと久遠シンディの屋敷としても有名である。

皇歴二七〇〇年・新説大日本史

第二章　津島天王祭

side：リリー

家臣や孤児院の子供たちと一緒に、のんびりと歩きながら津島までやって来た。途中の村で休ませてもらって、作ってきたお弁当をみんなで食べてここまで来たわ。

今日は津島天王祭の日。巻藁船が運航されて花火を打ち上げる。子供たちに見せたくて家中の子供と孤児院の子供たちを連れて来たのよ。

引率する大人たちもみんな楽しみにしているわ。司令が役目のない者はみんな見に行くようにと命じていたから。日頃なにかを命じることがあまりない司令が命じたと、少し話題になったほど。

「またおまつりが見られるなんて……」

「おまつりたのしみ！」

子供たちにとってお祭りは年に一度あるかないかの楽しみ。孤児院の子供たちなんかは、今日の日のために暑い中でも農作業や馬や牛の世話を頑張っていた。

この子たちは花火を見てどんな顔をするのだろう。そう思うだけでワクワクしてしまう。

牧場で私たちが伝えている新しい知識や技術を学んでいるこの子たちは、まさに金の卵。年長さんたちの中には久遠家のために頑張るんだと、すでに将来を語る子もいる。

「つしまは、大きなみなとがあるんだよ」

「お殿様の黒いお船もいる？」

「運がよければいると思うよ」

ふと耳を澄ますと、子供たちが南蛮船を見たがっていることに気付いた。すでに見せたこともあるが、乗せたことはまだない。一度乗せてあげたいわね。

私が多くの経験をさせてあげるわ。みんな自分の未来を見つけてほしい。

side：久遠一馬

津島の町も津島神社も一段と賑わっている。

旧暦の六月十四日。今日は元の世界でも室町時代から続いていた歴史と伝統があるお祭り。津島天王祭の日なんだ。

この時代のお祭りは元の世界とは違う。神仏の存在が信じられていることもあって真面目なお祭りだ。

熱田祭りに負けないようにと津島の人たちは張り切っていて、ウチは今回も屋台を出すことにした。メニューは前回と同じラーメン・蕎麦・うどんの汁物に、焼きそば・お好み焼き・たこ焼きの鉄板焼がある。他には金平糖とキャラメルと羊羹とカステラも用意したし、今回初のメニューとしてたい焼きも用意した。

飲み物は甘酒と麦茶、それと冷やし飴を作ってみた。実は冷やし飴はオレも初めてなんだけどね。ウチで作っている水飴に生姜の絞り汁を入れて水で薄めた飲み物になる。元の世界の関西では有名な飲み物らしいが、オレは知らなかったよ。

「はーい、並んでね。お武家様もお坊様も農家さんも、みんな一緒だよ！」

信秀さんが家中に津島天王祭の招待状を出したので、尾張中から武士や商人に僧侶までも来ているみたい。

熱田祭りでは最初はなかなかお客さんが寄り付かなかったウチの屋台だが、今回は武士や僧侶などが結構並んでいる。ただ、この時代に身分に関わらず並ぶなんて習慣はないので、戸惑っている人も結構いるけど。

他の人がやれば無礼なとかなるんだろうが、パメラたちが呼び込みや行列の案内をしていると反発まではされない。

困ったときは久遠流とか南蛮流と思わせるのが一番だね。混雑するお祭りで身分に合わせて対応することは大変だしさ。

それと今回も信長さんが普通にたこ焼きを焼いているからね。誰も文句を付けられないんだろう。地味にたこ焼きを焼くのも上手くなっているし。勝三郎さん？　彼は戦力外通告を受けて別の仕事だよ。

今や実質的には尾張の大名の嫡男とも言える身分だが、相変わらずやることは武家の慣例から外れている。ただ、大うつけと呼ばれることはもうないけどね。

史実でもお祭りで女装したりしたって聞くし、やっていることはあまり変わっていないのかもしれない。

「考えたな。鯛の形をした菓子か」

「ええ。これなら縁起もいいですし、お祭りにはピッタリかと」

たい焼きの売れ行きは好調だ。縁起を担ぐこの時代なだけに、鯛の形をした菓子だというだけで選ぶ人もいる。

「鯛の型をしたこれも鉄か。これなら尾張の職人でも作れるのではないのか？」

「そうですね。平鍋を作っている者に試作させてみましょうか」

信長さんはたい焼きの良さもそうだが、たい焼きの型に興味を抱いていた。実は最近になって、尾張で鉄のフライパンを作るようになった職人がいるんだ。

最初はオレたちが持ち込んだフライパンなんだけどね。ウチの料理にはフライパンは欠かせないから。

信長さんや信秀さんは、気に入った料理を自分のところの料理人に習わせて作らせるんだけど、調味料ばかりかフライパンなんかの調理器具から揃える必要があったんだ。

その結果、以前に鍋を作っていた職人にフライパンを作らせている。

フライパンは平鍋と呼ばれていて、噂を聞き付けた人たちに少しずつ売れているみたい。

たい焼きも甘い餡のものは、当分普及は難しいだろうが、中身を自由にしたら流行るかもしれない。

side：パメラ

お祭りの雰囲気って好き。この時代では元の時代のようなお祭り騒ぎと少し違うけど、みんなでひとつになってなにかをするって大切なことだと思う。

周りにはいろんな人たちがいる。真剣に神仏に感謝をしている人もいればお祭りを見物している人もいる。

「並んで並んで。神仏の前ではみんな同じだよ」

私は家中のみんなと一緒に、客引きと混雑するウチの屋台のお客さんの整理をしているの。

少し前にあった熱田のお祭りでも大好評だった。日頃触れ合うことのない尾張の人たちと一緒にお祭りに参加して、同じ尾張の住民だと認めてほしいなって思う。

「あれま、お方様。先日はお世話になりました」

「お爺ちゃん、体大丈夫？　無理しちゃダメだよ」

時折、私が診察して治療した患者さんとも出くわす。この世界に来てから出来る限りのことはした。助けられた人たちもそれなりにいるんだよ。

「お陰様で、これこの通り」

「良かった。具合が悪かったら早めに病院に来るように周りにも言ってね」

感謝されて、時にはお礼だからと作物とか山菜とか持ってきてくれる。

私は本当の医師じゃない。仮想空間で生まれた医療型アンドロイド。当然ながら生身の人を診察して治療したことは、この世界に来てから初めて経験したこと。

仮想空間の知識や技術がそのまま使えることに感謝して、ひとりでも多くの人を助けたい。きっと出来るよ。みんなで力を合わせると。私たちはずっとそうしてきたんだから。

side：久遠一馬

「ふむ。凄い賑わいじゃの」
「これは守護様。なにか召し上がられますか？」
「よい。皆の者も楽にせよ。わしも皆に倣うとしようかの。たまには皆と同じことをするのも一興じゃ」

賑わう屋台に意外な人が姿を見せた。

尾張の守護である斯波義統さんだ。子供たちとか御付きの人とかと一緒で、武士や僧侶ばかりか領民がみんな控えて緊張感が生まれる。

そこに元家臣の太田さんがすぐに対応をしてくれて、さすがに優先的に案内しようとしたが。なんと行列の後ろに自分から並んでしまった。

本人は特に含むところもなく祭りと珍しい行列に並ぶのを楽しんでいるみたいだけど、前に並ぶ人たちは少し困った表情をしている。

後ろに守護様が並んでいるんじゃ落ち着かないよね。

斯波義統さん。現状の尾張だと守護であり尾張の正式なトップになる。守護の本来の役目でもある他国との外交はしているし、評定にも当然出席している。室町時代では守護は本来、京の都で政治をして領地の内政は守護代に任せるのが一般的なこともあり、まず口を出さないけどね。

あと最近だと鷹狩りをしたり津島神社や熱田神社にお詣りしたりと、結構お出かけしていると聞いている。

この前なんか工業村を見学した後に公衆浴場で汗を流して、中の小料理屋でご飯を食べて帰ったとか。さすがに銭の鋳造とか機密部分は見せなかったらしいが、高炉や反射炉を見て驚いていたと聞いている。

自由だよね。信秀さんが清洲を治めて以降、争うことをせずに任せることで事実上権力を放棄した代わりに、自由を手に入れて悠々自適な日々を送っている。

実権はなくとも守護であることに変わりはない。余計なことをしなければ、どこへ行っても丁重に扱われるからね。

「ほう。これは凄いの」

「いずれなりとも、お好きな品をお選びください」

ちなみに義統さんたちは清洲城に住んでいるから、食事は普段から良いものを食べているはずだ。でも、さすがにお好み焼きとか焼きそばは食べたことがないみたいで、あとはたい焼きやカステラに冷やし飴を買っていった。

「民と共に汗を流して祭りを盛り上げる。これからの武家はこうあるべきなのであろうな」

最後にオレと信長さんを見て、独り言のようにそう呟いて離れていった。相変わらず油断出来ない人だ。

ただ、同時に惜しい人だとも思う。このまま傀儡で終わらせるにはあまりに惜しい。

現状でも外交では有能さを発揮しているほどだ。

将来的に長生きして織田の天下を認めてくれるのならば、織田政権内で働いてほしいくらいだ。秀吉や三成より朝廷対策は上手いんじゃないのかな。

尾張は無理でも一国の大名くらいならやれる能力はありそうだ。ただ、息子はそこまでの才がないみたいなんだよね。史実だと。どうなるかなぁ。

義統さんが去るとホッとしたのも束の間。また知らない人が屋台の近くに来た。

誰だ？　かなりの身分の武士だろう。本人は質素な服装をしているが、周りの御付きの武士がただの下級武士の服装じゃない。お忍びのつもりなら馬鹿だけど、それともワザとか？

「斎藤山城守様です」

「まことか？」

オレはちらりと信長さんを見るが、信長さんも知らないらしく首を横に振っていた。正体を知っていたのは忍び衆だった。

オレの護衛をしている望月さんが険しい顔で間違いないのかと確認した。

「はっ。確かに」

まさか道三がお忍びで津島天王祭に来たのか？　護衛が五十人もいないぞ。大胆というかなんと言うか。和睦の話は進んでいるが、今でも敵国なのに。

「蝮め。直に見に来たか。親父に知らせろ」

「はっ、直ちに」

斎藤山城守。この時点ではまだ出家していないので、道三ではなく名は利政と名乗っている。

戦国三大梟雄なんてのには、必ず名が上がるのが彼だ。

とはいえこの人もいまひとつ歴史でははっきりしない。

一代で油売りから成り上がったという説もあれば、二代で成り上がったという説もある。ただ、この人の周りではよく人が亡くなるのは確かだ。

暗殺をしたとの説もある。もはや、確認を取ることは出来ないけどね。

ただし、史実では若き織田信長の才を見抜き、信長との同盟は一度も裏切ることがなかったのは有名だ。

「鬼が出るか蛇が出るか。蝮だから蛇かな？」

「たわけ。誰が上手いことを言えと言った」

「この祭りを利用して敵国のど真ん中に僅かな供で来る。それが恐ろしいなと」

少数で敵地に来るなんて殺されても迂闊だったと言われる時代なのに。暗殺などという手段を、今の信秀さんが取らないことを理解しているんだろうな。

皮肉なことだけど、人が評判や体裁を気にすることをよく理解しているのかもしれない。

無論、優秀なのは確かだろう。ただし、周りが付いていけないほどの優秀さは無能と紙一重なのかもしれないな。

　まさか、史実の正徳寺の会見のように考えているのかな。

side：斎藤道三

「なんと賑やかな……」

　美濃から川を下ってきたが、津島の賑わいに供の者らが呆けておるわ。

　人々は活気があり笑みが溢れておる。皆が願うだろう。己の領地でもこう在りたいと。

　しかし、こうして来てみると、噂以上に力の差があることを痛感させられる。

　美濃は尾張よりも都が近いということもあり、尾張を鄙者と下に見る者もおるが、この賑わいが美濃にあるかと問われると答えに窮する。

「やはり己の目で見ねばならぬ相手じゃな」

　敵国である津島に行くと言うた時、家臣らはこぞって異を唱えた。危うい。織田に知れたら生きて帰れぬと。それもまたもっともな言い分。されど今ならば織田はわしを害することをせぬという見込みがあった。

　皮肉なことだが、尾張を統一した信秀はわしとの和睦に本腰を入れ始めた。大きくなった領地をまとめる時が欲しいのであろう。時は織田の味方だ。

　さすがに大垣は返せぬようだが、商いの優遇などわしにも悪くない条件を提示しておる。信秀の懸念は元守護殿の扱いであろう。困った御仁だからな。

美濃を取り戻したくば、己の力で取り戻せばよいものを。織田ならば御しやすいと安易に頼り、結果いいように御輿にされておることを今度は不満だという。

美濃の国人衆には、わしより元守護殿に好意を寄せる者もおるのだ。上手くやれば美濃を取り戻せるはずなのだがな。

さすがの信秀もあれは手に余るらしい。早く厄介払いしたいのが本音かの。

大垣にこだわれば斎藤家は滅ぶ。今川が織田と潰し合えば好機は訪れるやもしれぬが、今川とて愚かではない。今の織田と本気でぶつかることは当分あるまいて。

一向衆と伊勢商人ですら引いたのだからな。織田の力の源泉である南蛮船での交易が安泰な以上は、たとえ戦で城を幾つか落とされたところで痛くもあるまい。

「何故、それほどご自身で見ることにこだわりまするか？」

「あまりに異質なのだ。信秀も久遠とやらもな。尾張を統一した奴らがいかなるものを見ておるか。この目で見定めねばならぬ」

家臣らはこの期に及んでも理解しておらぬ。織田がいかに恐ろしいかを。困ったものだ。

尾張に来るのはこの日でなくばならぬ。信秀以外の者も津島天王祭を血で染めるような愚か者はおるまいて。

「これが織田の力の源じゃ」

「なんと大きな船だ」

「まことに黒いな」

まず見たかったのは久遠の南蛮船じゃ。津島湊の沖合には、停泊する二隻の南蛮船があった。大きな南蛮船と一回り小さな南蛮船じゃな。もっとも小さな南蛮船も日ノ本の船と比べれば十分に大きいが。

しかも、南蛮船の船体は何故か黒く、まるで畏怖を誘うようじゃ。それぞれに当たり前のように織田家の旗が掲げられ、その力を見せ付けておるわ。

帆も帆柱も随分複雑じゃな。あのような船で遥か南蛮まで行くのか。

「口惜しいの」

「殿……」

何故、信秀なのだ？　武家ならば幾らでもある。大きな湊もあちこちにあるではないか。

何故、織田に臣従したのだ？

勝てぬ。いや戦に勝っても、信秀と久遠一馬とやらを討たねば意味などない。

稲葉山に籠れば負けはせぬかもしれぬ。されど銭の力で戦をされたらわしでは勝てぬ。信秀がわしの望む戦に付き合う必要など、いずこにもないのだからな。

付け入る隙があるとすれば、織田から久遠の離間が出来るか否かだな。

新参者でこれほど目立てば家中に敵もおろう。信秀とて内心では警戒しておるであろうしな。そこを上手く突けばあるいは……。

「殿。噂の南蛮渡りが自ら商いをしておる様子。見に行かれまするか？」

「うむ。行こう」

何事にも欠点はあるものだ。織田の欠点を見定めねばと思うておると、まさか噂の南蛮渡りが商いをしておるとは。重臣に取り立てられたと聞いたが。自ら商いか。ちょうどよい。見極めてやるわ。尾張一国の器か。あるいは……。

side：久遠一馬

道三御一行は素直にウチの屋台の列に並んだね。周りには織田家の者も多く、何者だと少し警戒する者もいる。

オレとしては、ここで割り込んだり無礼者と騒ぐお馬鹿さんだと楽なんだけど。そう上手くいかないか。

今日は清洲や那古野の警備兵も半分ほど連れてきていて、周囲の警備をさせている。津島の統治は津島衆の領分だが、信秀さんや信長さんにオレたちの護衛の意味もあるので問題はない。

熱田祭りの時に理解したが、祭りということもあってか、酒が入るとちょっとした喧嘩でも刀を抜く人が一定数はいるんだ。警備兵が抑止になればいいんだけど。

望月さんはそんな護衛のみんなに合図を送った。道三が絶対にこちらに刃を向けないとも限らない。オレたちと信長さんは、自分たちの体を張ってでも守ると決意が見える。

「いらっしゃいませ。なにに致しましょう」

「ふむ。見たことがないものばかりじゃな」

「当家の……、久遠家の料理に明や南蛮の料理を真似た料理や菓子になります」

そのまま行列は進み、道三御一行がオレたちの前に来た。

信長さんは素知らぬふりをして、たこ焼きを焼いている。道三は気付くかな？

「砂糖菓子がこの値か？」

「お祭りですからね。この値ならば尾張の領民なら食べられますので」

目付きは鋭いね。道三はまるでこちらを見透かすように見つめてくる。おっさんに見つめられる趣味はないんだけど、なんて思えるほど余裕はないか。

最初に食いついたのは金平糖の値段だ。

尾張では賦役をやっているので、それに参加していれば農民でも家族で食べられるだろう。先日の戦でも褒美を出したしね。さすがに奮発しなくてはならないだろうが。

貨幣経済を領内に浸透させることと、ウチはだいぶ儲けているから、儲けを還元する社会貢献の意味もある。

領民の話に顔色が変わったのは道三と数名だけか。気付いた人を鋭いと言うべきか、気付かない人を鈍いと言うべきか。

ただ飢えないだけでは駄目なんだ。真面目に働いていれば、年に数回はちょっとした贅沢が出来るくらいにまずはしたい。

織田家が次のステージを目指していること。道三は気付いたかな？

「……さすがは仏と噂の弾正忠殿だな。蝮などと言われておるわしには到底真似出来ぬ」

「殿！」

「構わぬ。すでに気付かれておる。そうであろう。久遠殿」

顔色が変わった道三は、自ら素性を明かすように声を掛けてきた。オレに揺さぶりをかけたいのか？　大人しく旅の隠居とでも名乗ってくれたら良かったんだけど。

「さて、どなた様でしょうか？」

「ほう。そうくるか」

「知らねばただのお客様です。せっかくですので、なにか召し上がってみては？　他では味わえぬ代物もありますよ」

悪いけど道三の相手は信秀さんや政秀さんにお任せだ。オレには道三相手に化かし合いが出来るほどのスキルなんてない。

そもそもオレは別に道三を化かす必要もないんだけどね。こちらは正攻法で動くのみ。

歴史の偉人相手に、相手の土俵で戦う気なんてないよ。

「美味いの。これが南蛮の味か？」

「いえ、それは明の料理を当家で再現した品ですよ」

斎藤利政。焼きそばを食べる。用意した椅子とテーブルで道三と家臣たちがそれぞれに料理や菓子を食べ始めると、驚きや戸惑いなど反応が面白い。

味に驚き値段に戸惑う。そんなところか。食文化の豊かさは世の中に必要だが、この時代ではそれを理解するのも難しい。

人はパンのみにて生きるにあらず。時にはお菓子も食べたくなる。

自分たちの国を守りたいと尾張の人たちに思ってもらうには、みんなに生きる楽しさを感じてもらわないと駄目なんだよね。

恐怖や力や来世への希望ではなく、今を生きる。

オレたちの策をあの斎藤道三はどう感じてどう判断するか。楽しみだ。

side：エル

これは想定していませんでしたね。斎藤利政本人が尾張に来るとは。僅かな瞬間ですが、私と目が合いました。

彼の目に私はどう見えたのでしょうか？　聞いてみたい気もします。

さらに彼は素性を隠すことなく堂々としていました。そうすることで自身の身の安全を得ようというのでしょうか。

恐らくは変わりつつある尾張を、客観的に見ているであろう人。

リスクを理解して、それでも尾張に自ら来た。それほどの価値があると思ったのでしょうか、それとも追い詰められているのか。

話をしてみたい。そう思いました。資料に残る歴史と現実は違います。斎藤利政はどんな人でな

に を考えて生きているのか、知りたいです。

私たちに足りないもの。それはこの時代の人との関わりです。過去から積み重ねた価値観や歴史を、私たちはすべてではありませんが否定していかねばなりません。

自ら敵地に乗り込み、現実を見極めようとする度胸と柔軟性は味方に欲しいくらいです。

ただ、不謹慎かもしれませんが、私、少し楽しくなっています。多くの歴史上の人々と会って知恵比べを出来ることに。

side：久遠一馬

道三御一行が去りしばらくすると、信秀さんから急遽お呼びが掛かった。道三と茶を飲むからオレと信長さんに来いということだ。

来るほうも来るほうだけど、信秀さんも道三と会うことにしたのか。

この時代だと、敵対している勢力のトップ同士が会うことはまずあり得ない。それだけ危険なのもあるし、そこで一方が殺されても迂闊だったと言われて終わりだからだ。

「なにをしに来たんだろうね」

「恐らくですが、手詰まりなのを打開したいのでしょう」

急遽、津島の屋敷で正装に着替えて茶会をする大橋さんの屋敷に出向くことにしたが、目的が分からないのが不気味だ。エルも確たる証拠がなく推測しか出来ないか。

「手詰まりか」

「大垣周辺は事実上の織田領です。それに美濃の国人衆は必ずしも山城守様を望んでいるわけではありませんので。山城守様に出来ることは多くありません」

オレと信長さんは道三の目的に疑問を感じているが、エルは予想以上に道三が追い詰められているのではと指摘する。

確かに戦国時代に来て改めて理解したのは、大名も独裁権なんてないことだ。それは信秀さんですら変わらない。もっとも現状では独裁権に近い力を信秀さんは持ちつつあるけど。それでも一族や重臣、寺社には配慮が必要だ。

オレはどうも史実のイメージで道三を見てしまうが、この世界の道三はそこまでの力はない。対外的な戦では土岐頼芸を支援した織田に大垣を取られているし、恐らく史実で二度あったと思われる加納口の戦いは、第一次では勝ったらしいが、第二次が昨年には起こらなかったことで、織田が大敗を喫するほどの打撃を与えられていない。

まあ美濃国内の戦だとちょこちょこ勝っているが、客観的に見ると史実のような評価にはならないと思う。

ということは、史実より道三に出来ることが限られているということか？

「会うのは危ういのではないか？」

「大丈夫でしょう。それに隣国の実力者を直に見極めることは、若様にとっても有意義なことになります。念のため、すぐ近くに忍び衆とケティを待機させておきますが」

信長さんは一か八か道三が命を狙うのではと危惧しているが、エルはそれを考慮しても会う意味があると告げた。

というか、エルは少し楽しそうに見えるのは気のせいか？

過去に道三は頼芸の弟を毒殺したと言われているし、昨年には守護だった土岐頼純をも殺した可能性がある。頼純の奥さんは道三の娘なのに。ちなみに、この娘さんというのが、忠実で織田信長に嫁いだ帰蝶姫だ。

可能性はゼロではないのだろうが、さすがに敵地でそこまではしないという読みはある。津島で信秀さんや信長さんを殺して美濃まで帰れるわけがない。

身を捨てて美濃を守るなんてタイプじゃないだろうしね。

ただ、史実では信秀さんが負けた相手だ。エルも万が一を考えて準備はするようだけど。

ほんと、今いる世界が歴史の一部なんだって実感するね。史実において織田信長は、道三と尾張と美濃の国境の正徳寺にて会っている。

あれも確か道三から声を掛けたと言われていることだ。

この世界で正徳寺の会見はないだろう。その代わりがこれになるのかな？

場所は大橋さんの屋敷の庭で野点にするみたいだ。

余談だが、信秀さんはあまり狭い茶室を好まない。侘茶を否定しているわけでも嫌っているわけでもないが、狭い茶室よりは広い部屋や野外での茶の湯を好む。

茶の湯自体はもう流行はしているが、後世のような厳格な形とルールがあるわけではない。エルに聞いたところ地方や人により形が違うらしい。

元の世界の茶の湯を完成させたのは、あの千利休だと言われている。それが全国に広まるには、豊臣政権のような中央政権で茶の湯が認められ、全国の諸大名に伝えられねばならないんだろう。

正直、オレはあんまり茶道って好きじゃないんだよね。別に文化を否定する気はない。侘・寂があっても良いとは思う。ただ、それは茶道の一流派として、好きな人たちでやってもらいたい。

「エル。今日の茶はそなたが点てろ」

「私でよろしいのでございますか？」

「構わぬ。そなたは茶の湯の腕前も悪くない。蝮の度胆を抜いてやるわ」

道三より一足先に大橋さんの屋敷に到着したオレたちに対して、信秀さんは驚くべきことを口にした。

てっきり信秀さんか政秀さんがお茶を点てるのかと思っていたんだけど、まさかエルにやらせるつもりだったとは。

エルも着替えて来いというので、なにかしらの役目があるとは思っていたが。なんというか、良くも悪くもオレたちに影響されていないか？

「畏まりました」

エルは驚きつつも若干嬉しそうな顔をした。

「せっかく向こうから来たのだ。蝮が同盟相手としていかがなのか見極めようぞ」

信秀さんは信長さんよりは現実を知っている分だけ目立たないが、余裕というか遊び心があるのは確かだ。

道三御一行はこの奇策にどんな顔をするかな？

茶会の参加者は、織田側からは信秀さんと信長さんに政秀さんと大橋さんとオレだ。道三側は連れてきたお供から人数を合わせたらしい。

「織田三郎信長である」

双方とも席に着くと互いに名を名乗るが、道三側は信長さんが名乗ると動揺した。

さっきまでオレの隣でたこ焼きを焼いていたからね。道三も顔を見たはずだし気付いたんだろう。

まるで史実の正徳寺の会見のように、信長さんは先程までとは違うきちんとした正装に着替えている。尾張の大うつけとのアダ名も知っているのだろうし驚いたんだろう。

ああ、ちなみに道三側も正装に着替えている。どうやら着替えを持ってきていたみたいだ。やはり油断ならない人だな。会見が行われる可能性があることまで想定済みか。

「久遠一馬の妻、エルにございます。本日は、私が茶を点てさせていただきます」

会話はない。空気が重苦しい。

しかし、普段は町娘のような簡素な着物姿のエルが急遽武家の奥方らしい着物に着替えて現れ、茶を点てると告げると、道三自身でさえもさすがに驚いたのか顔色が変わった。

さっきウチの屋台で働いているエルたちを見るまでは、南蛮人なんて見たこともなかっただろうしね。

それがこんな重要な茶会で茶を点てる。道三はそれをどう見るかな？

屋敷の外から聞こえてくるお祭りの賑わいとは別世界のように、こちらは一切動きがない。真剣なのは分かる。お互いに命懸けの茶会だからね。

エルが点てたお茶をみんなが静かに飲む。

茶菓子は羊羹だ。用意していなかったから、売り物の羊羹を持ってきたんだよ。

「美濃守殿を守護に戻そう。それでいかがか？」

「こちらに異存はない」

どれくらい時が過ぎただろうか。お茶もすっかり飲み終えてお代わりが欲しい頃になると、道三がようやく口を開いた。

美濃守とは土岐頼芸のことだ。信秀さんが支援している美濃の元守護だね。

織田と斎藤の懸案はふたつ。大垣の扱いと元守護の頼芸の扱いだ。

斎藤側としては大垣を取り戻したいが、織田側には美濃の守護家である頼芸がいる。この場合どちらに正統性があるか微妙なんだよね。

道三の斎藤家ももともとは美濃の守護代の家だ。

和睦にしろ同盟にしろ、このふたつを片付けねばならないが、主導権は完全に織田にあるんだよね。史実では形の上では対等な同盟だったんだけど。

折れたのは道三か。美濃は土岐頼芸のもとで大垣周辺を織田が治め、他を斎藤が治めるとなるのかな。

とはいえ道三の影響力は史実より落ちているしね。まだまだ騒動の種は尽きないと思うけど。

はてさて、どうなることやら。


「なかなか油断の出来ぬ相手のようだな。だが堪え性がないのが奴の欠点だ」

茶会も終わり道三たちが去ると、信秀さんは機嫌良くお茶のお代わりを飲んでいた。

あまり会話はなかったが、お互いに知りたいことは知れたということだろう。

信秀さんは道三の先見の明を評価しながらも、堪え性がないと言い切った。確かに言われてみると少し堪え性がないようにも思える。

「堪え性でございますか？」

「奴にとって今は堪えるべき時のはず。そこを堪えきれずに尾張に来てしまうのが欠点であろう。さらに暗殺するのが好きなようだしな。我慢というのが出来ぬのは欠点にしか思えぬ。暗殺というのは下策だ。まして多用するなどもっての外。暗殺するような者を誰が信じようか。どのような立場であれ我慢せねばならぬときはあるのだ」

堪え性という意味を大橋さんが尋ねると、信秀さんは道三の欠点について口にした。

暗殺に関しては確かに言う通りかもしれない。この時代に隣国にまで知られるのは致命的だろう。

つい最近まで大和守家と共存していた信秀さんなだけに、その言葉は重みがある。

「戦にも強く政も上手いのであろうが、蝮ひとりに出来ることはたかが知れておる。奴と同盟しても良かろう。織田の脅威にはなるまい」

信秀さんの言葉にドキッとした。まるで史実を言い当てるような言葉に驚いてしまう。

歴史をそれなりに知る者ならば、道三の凄さと強さは理解出来るだろう。しかし史実の道三は息子の義龍に討たれて死んだ。

道三の強さには恐れ従うが、義龍のような道三に本気で立ち向かう者が現れると驚くほどあっさりと敗れている。

道三では美濃はまとまらない。少なくとも今までのやり方では。信秀さんはそう見たようだね。

「一馬。エル。そなたらは蝮をいかが見た？」

「そうですね。山城守殿は、この先をどうしたいのでしょう？　美濃をまとめその先は？　あの手の人は外に敵をつくらないと、家中がまとまらない気がするんですよね」

そのまま信秀さんはオレとエルに意見を求めたが、オレには道三がなにを目指してなにを望むのかいまひとつ理解出来ないんだよね。

美濃という国の大名で満足するのかな？　それとも……。

「殿のおっしゃるように油断出来ぬ相手でしょう。ですが、それ故に山城守様は守りに入ったのかもしれません。しかし山城守様は今までは手段を選ばずに攻めてきたお方。守りに入るならば果たして今までのように出来るのでしょうか？」

エルの見方は少し辛口だな。道三は先見の明があるが故に、守りに入り史実のように終わる可能性を示唆しているのかもしれない。

力と恐怖で支配しているようなもんだからね。道三の場合。下手すると自身が優秀すぎて、周りが馬鹿に見えるのかも。

「ふむ。では蝮のお手並み拝見といくか。織田は数年の時が稼げれば十分だ」

道三の評価はやはり高いが、表裏一体のリスクも孕んでいるか。

信秀さんは余裕がある様子で、道三がどうするのか楽しむつもりらしい。

side：セレス

「花火とやらが、いかなるものか楽しみでございますな」

津島近郊の花火打ち上げ場所で、私は打ち上げ準備の指揮をしています。具体的な作業は久遠家本領の職人に擬装したロボット兵で行ないますが、周囲の警備は尾張の者たちで行っています。警備兵と治安維持のために集めた久遠家の者たちです。

私たちの周りには間者も多いのです。無論、見られて知られる情報は限られていますが、気を抜いていいほどでもありませんから。

滝川一益こと彦右衛門殿と共に準備の様子を見守っていますが、彦右衛門殿は花火を見たことがないのでどうなるか楽しみで仕方ない様子。

「驚きますよ。初めて見た者は皆が驚きます」

始まりは司令の思い付きですが、これは本当にいいアイデアだと思います。神仏を信じるこの時代の人に花火のインパクトは絶大な影響を与えるでしょう。

領民の心を掴み、外交においての影響は計り知れないほど。

彦右衛門殿にもあえて詳しい説明はしていません。楽しんでほしいという司令の想いから。

史実の織田四天王という立場とは違い、この世界での彦右衛門殿は久遠家の家臣でしかありません。ですが私たちの価値観ややり方を学び必死に努力しています。そんな彼にも楽しんでほしいものです。

戦や争いばかりが世の中ではありません。そんな可能性を人々に見せられれば……、彦右衛門殿ならばきっと私たちの望むものを感じてくれるはずです。

楽しみですね。本当に。

side：久遠一馬

日が暮れる頃になると、いよいよこの日の祭りはクライマックスになる。

川辺には武士や僧侶や領民などたくさん集まっていて、守護の斯波義統さんや織田一族は一等地に陣取っている。

夕方からはウチの屋台で安価なエールではあるが振る舞い酒を配っているので、ほろ酔い気分の人たちも多いだろう。

「ねえねえ。なにが始まるの？」

「凄いのが来るんだぜ！」

オレたちはウチの家臣とその家族や、牧場の領民と孤児院の子供たちと一緒に見ている。かなりの人数になるから身を寄せあって座っているけど、結構いい場所だから楽しみだ。

甲賀出身の者は当然として、尾張の人でも見たことがない人は多い。日々を生きるのに精いっぱいで今までは津島まで来る余裕がなかったんだろう。

握り飯とお弁当を持参で来たので、みんなそれを食べながら今か今かと祭りが始まるのを待ちわびている。


「うわぁ……」

「なにあれ……」

水面に浮かぶ巻藁舟に火が灯されると、子供たちが驚きの声を上げた。すでに辺りは暗く、西の空がうっすら明るい程度の中に浮かぶ四百余りの提灯は圧巻だった。

人工物の明かりのないこの時代では驚愕の光景だろう。

正直、オレも驚きのあまり言葉が出ないほどだ。川舟に山車を載せた巻藁舟は、まるでキノコの傘のように半円型に提灯が飾られていて凄い。

「どうだ？　凄いであろう」

「うん！　凄い！」

「こんなの初めて見た！」

ウチの席には信長さんもいて、信長さんは孤児院の子供たちに囲まれながら誇らしげに津島天王祭の説明をしている。

何気に子供好きなんだよね。信長さん。

「そろそろですよ」

ゆっくりと巻藁舟が動き始めると、いよいよ花火の時間だ。

みんなどんな顔をするんだろう。

会場周辺には事前に信秀さんから奉納花火を行うと告知されていて、驚かないようにという奇妙な立て札が立てられている。もっとも花火の詳細はさすがに説明していないので驚いてくれるだろう。

巻藁舟を彩る灯に色を添える笛や太鼓の音色に混じり、『ヒュー』という花火を打ち上げた音がした。

微かな光が空に昇るのを、何人の人が気付いたかな?

高々と夜空に打ち上った光は、赤燈色の丸い花火となり一気に咲き誇る。

そしてほんの一瞬遅れる形で『ドーン』と大気を震わせるような音が響き渡った。

その瞬間、笛や太鼓の音色が止まり見物人たちも静まり返った。まるで時が止まったような。そんな一瞬だった。

それを動かしたのは、静まり返った中で打ち上げられた二発目の花火だ。

「……フハハハハ!!」

「綺麗……」

「神仏が来たの？」

一瞬で咲き誇り消える花火に大笑いしたのは信長さんだ。

そんな信長さんの笑い声に釣られるように子供たちが騒ぎ始め、それは瞬く間に周囲に広がっていく。

中には神や仏の御技だと勘違いする人なんかもいたようで、信秀さんが予告した奉納花火だと悟ると巻藁舟の笛や太鼓の音色が再開される。

「かず！　これだ！　オレが求めておったのはこれだ！」

「若様？」

次から次へと夜空に舞い上がる花火と、水面を彩る巻藁舟の景色に人々が飲まれているように見えた。

一番喜んで興奮しているのは信長さんかもしれないけど。

「かず！　これを日ノ本のすべてに広めるぞ！」

「ええ。必ずや広めましょう」

信長さんは花火の先になにを見たんだろうか。

日ノ本すべてに花火を広める。それは言うほど生易しいことではない。

ただ武士も僧侶も領民も一緒に楽しむ姿を見て、花火を打ち上げて良かったと心から思う。

ほんの一時でいい。みんながすべての憂いを忘れてただ楽しんでほしい。

そうなれば、オレたちがここに来た意味がある気がする。

side：エル

一発ずつ上がる花火を、みんな目に焼き付けるように見ています。

娯楽なんてない時代。私たちの始めた紙芝居を、大人から子供まで心待ちにしていると報告もあるほど。

そんなこの時代の人たちにとって闇夜を一瞬にして照らす花火は、まさに神の御業のように見えるのかもしれませんね。

司令も若様も共に嬉しそうです。家臣のみんなも信じられないと言いたげな顔で見ています。大殿や守護様はどんな顔をしてご覧になっておられるのでしょうか。

「どうしたの？」

「おいのりするの」

ふと気付くと私の隣にいた孤児院の子供が、真剣に両手を合わせて花火を見ています。あまりに真剣なその姿に声を掛けました。まさか花火に祈りを捧げているとは。

なにを祈るのかは聞きません。自分の夢。私たちのこと。いろいろとあるでしょう。生きることに絶望しないで願うだけでもいいことです。

南蛮船・金色砲・金色酒など、私たちはこの国にいろいろなものを持ち込みました。流行り風邪の折にはみんなで協力して被害を最小限に抑えることもしました。

それでもこの花火ほど、この時代の人の想像を超えたものはなかった気がします。

日ノ本を統一することは、実はそれほど難しいことではありません。歴史という記録と私たちの技術と知識があれば。

でも……、すべての人々に夢と希望を見せてやることは簡単ではありません。

私たちがこの世界に来て一年になろうとしているこの時期に、こうして見た者すべてに夢と希望を見せられる花火を上げたこと。その意味は果てしなく大きいと言わざるを得ません。

「エル様。花火またいつか見られる？」

最後の花火が終わると再び星降るほどの夜空に戻ります。巻藁船の灯りと喧騒はありますが、周囲の子供たちは名残惜しそうに私を見ていました。

「ええ、また見られるわ。必ず見せてあげる」

「わーい！」

「私、御家のために励みます！」

子供たちの顔が一斉に華やかになりました。

そんな子供たちの顔に私も思わず笑顔になったのだと自覚します。近くでは司令と若様もまた子供たちと楽しげに話しをしていますね。

司令。貴方の思い付きは、私たちの……、いえ日ノ本の未来を変える、大きな一石になるのかもしれません。

貴方と私たちがこの世界のこの時代に来たこと。偶然ではないのかもしれない。ふと花火を見てそう感じました。

夢と希望。

仮想空間で生まれたアンドロイドである私たちにも、なかったものなのかもしれません。

貴方は選ばれたのかもしれない。そう思えるほどです。

津島天王祭花火大会
天文十七年に、織田信秀が日本で初めての花火を打ち上げたことが起源となる歴史ある花火大会である。

事の経緯は諸説あるが、当時から火縄銃や金色砲(青銅砲)の扱いに長けていた久遠家が、その火薬の技術を用いて花火を打ち上げたことが日本で最初の花火となる。

類似する花火はすでに明や欧州の一部にはあったようだが、打ち上げ花火は紛れもなく当時の世界最先端技術であり、久遠家がすでに世界最先端の技術を会得していた証しとみられている。

遠く離れた村からも見えたとの証言も残っていて、中には天変地異や仏が現れたと騒ぎになったようだ。

しかしその美しさには誰もが魅了され、花火の噂は津島を訪れていた商人たちにより全国に広がることになる。

その結果、仏の弾正忠が法力を使ったとの噂や、信秀は本当に仏の生まれ変わりだなどという新たな噂も広がったようであった。

そして若き織田信長が日ノ本のすべてに花火を広めようと久遠一馬に語ったとも伝わり、信長と一馬のこの先を暗示するような出来事としても有名である。

現在でも津島天王祭花火大会では、最初の一発は当時の資料から再現したシンプルな花火から始まり、歴史のロマンを人々に伝えている。


津島の会見。天文十七年。六月十四日。

津島天王祭の日に津島の大橋邸にて、尾張の織田信秀と美濃の斎藤利政の会見が行われたことが『織田統一記』に書かれているが、事の経緯ははっきりしていない。

しかし両家は信秀の尾張統一以前から和睦の交渉をしていたことは確かで、この会見もその一連の交渉の一環と思われる。

同席した者として織田信長・平手政秀・大橋重長・久遠一馬・久遠エルの名が残っている。

信秀は利政を茶の湯でもてなしたようで、茶を点てたのが久遠エルだというのも特筆すべきことだった。

家臣の妻が織田家と斎藤家の会見の場を任されたことは、当時の常識からは考えられず後世において さまざまな憶測がされている。

一説にはこの会見自体が久遠エルの美濃取りのための策であると言われていて、後世では有名だが確かな歴史的な証拠はなにもない。

そもそも会見の内容は伝わっておらず、成果も含めて謎のままになる。

皇歴二七〇〇年・新説大日本史

第三章　花火の余韻

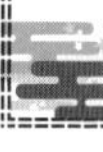

side：久遠一馬

花火は良かったなぁ。

翌日には早くも一部の商人が花火を売ってほしいと言ってきたが、線香花火以外は売るわけにはいかないんだよね。そもそもウチ以外だと打ち上げの技術すらない。さらに敵とも言える他国の商人に売ってもらえると思うなんて。それとも情報が引き出せたら儲けものと思ったのかな？

あまりの轟音に雷様が怒ったとか、仏様が現れたとか、騒ぎになった近隣の村もあったらしい。ちょっと悪いことをしたかな。

お詫びに尾張の村には線香花火を贈ろう。ウチの家臣に届けてもらい、火事とか起こさないように線香花火の正しい楽しみ方を教えるようにするか。

直轄領以外は領主がいるから許可を得ないと駄目だけど、反対する人はいないだろう。

あとは斎藤とか今川が花火をどう評価するか楽しみだね。

「これはまた奇妙な形の城でございますな」

「殿から南蛮風の城をと言われたんだ」

この日は、早くも長島から人足が派遣されてきたので対応に追われていた。

蟹江の港町の建設が始まったんだ。

織田家からは願証寺や派遣してくれた北伊勢の国人衆に礼金を払うし、人足としてやってきた領民にも日当とご飯を提供する。

織田も願証寺も領民もみんなが得をする計画だからね。先日の戦の対立なんかなかったかのように落ち着くだろう。

「南蛮風の城でございますか」

「うん。本物の南蛮の城はちょっと日ノ本には合わないからね」

蟹江について縄張りはエルが指揮して行った。

伊勢から呼んだ人たちには土地の造成や港の建設を頼むことにしている。特に土地の造成などは土を運んだりと人海戦術が欠かせないからね。

そして蟹江の城については、信秀さんから意外な注文がついた。南蛮人が驚くような南蛮の城を考えるようにと言われたんだ。

南蛮と言っても広いしさまざまなのは説明したし、日本は地震が多いから西洋のような石造りの城はあまり向かないことも説明したんだけどね。

エルと相談して星形の城を提案することにした。

史実だと幕末期に函館に造られた五稜郭が有名だが、ヨーロッパではすでに星形の城郭や要塞はあるみたい。

星形城郭の利点は、鉄砲などの火力による防衛のしやすさだろう。現行の城は火砲の運用や防衛をまったく考えられていない。

恐らく現在改築中の清洲城が、鉄砲の運用と防衛を考えた最初の城になるはず。ただ清洲城もこの時代には存在しない、城の基礎に石垣を用いることに少し苦戦しているけど。

史実で最初に石垣を組んだ、近江の穴太衆でもいればいいんだけど。さすがに他国の人はなかなか呼べないらしい。技術流出の懸念もあるしね。

「城は後回しでいいから、土地の造成と港を造っちゃおう」

「はっ！」

さすがに人が足りないので、ウチの家臣と織田家の家臣たちと一緒に、派遣された人たちを使って蟹江の港町造りから始めることになった。城は後回しでいい。現時点で必要なのは港と町だ。

ただ商人なんかは早くも集めた人足たち向けにいろいろな品物を売りに来ているし、遊女なんかも集まってきている。ほっとくと勝手に町が出来そうだから、こっちも統制が必要だろう。他国の間者もいるみたいだしね。

商人とか遊女の監視は望月さんに任せよう。間者対策という面では本当に有能だ。

蟹江の港が完成して、清洲・那古野・津島・熱田を一体として開発出来れば、日本の商業を握れるかもしれない。

まあ敵が増えるから当面は大人しくしている予定だけど。

蟹江に送られてきた人たちも一向宗の信者なんだろうし、これを機会に尾張にいい印象を持ってもらえればいいな。

side：斎藤道三

「織田はいかに考えておるか、分からぬな」

「左様。驕っておるのではないか？」

津島に一晩泊まり、帰りの舟に乗った途端に悪口を口にするとは。わしの機嫌を取っておるつもりか？　それとも分かっておらぬのか？

「それにしても、信秀め。あのような南蛮の大女に茶を点てさせるとは。我らを愚弄しておる証し」

「舐められておるのではないか？」

「止めぬか。容姿だけで人を愚弄したなどと言う奴があるか」

やはりなにも分かっておらぬのか。人を容姿で批判などつまらぬことを。それよりも信秀に久遠家の者が重用されておることを考えぬか。

自らが口にする茶を任せるばかりか、わしらの前で茶を点てさせたのは信秀が久遠家とあの南蛮の女を信じておる証し。

だが何故一介の家臣の、しかも女にあの場を任せたのだ？　ただの酔狂ではあるまい。

「しかし、殿。南蛮の大女の茶など……」

「作法は素晴らしかったではないか。あれが南蛮の女でなくば誰も騒がぬはずじゃ。いつも言うておるであろう。物事は本質を見極めよと。そなたらが信秀ならば､何故あの女に茶を点てさせる？」

平手五郎左衛門も茶は点てられるはず。それをあえてあの女に任せたのは理由があるはずだ。

わしにもそれが分からぬ。

ただ……、あの女の目だ。初めて会うた時に、じっとわしを見ておった時の目が忘れられぬ。

あれはただの女の目ではなかった。仮にあの者が男だとすれば、わしはかの者を一番恐れたかもしれぬ。気のせいだと思いたいの。

「あの花火と言うたか。あれはいったいいかなるもので、幾らかかるのであろうな」

家臣らもわしの言葉にやっと本質を考え始めた。困ったものよ。

それにしても、あの夜空に現れた花火というものはいったいなんなのだ？

久遠家が信秀の命でやったと噂しておったが、いかにすれば空に火を打ち上げられるのだ？

まさかまことに南蛮妖術の類いか？


「そうそう。嫡男の大うつけは何故家臣に混じって、あのような粗末な格好で物売りなどしておったのだ？」

「うつけの考えることは分からぬな」

「たわけ。あれがうつけなものか。祭りにて家臣と共に働いておっただけであろうが。城から出ぬような者よりよほどいいわ」

やはりこやつらには本質が分からぬとみえる。何故、物事を深く考えられぬのだ？　うつけだと？

尾張者は誰も奴をうつけだなどと見ておらなかったことが何故分からぬ。

神仏を祀る場で嫡男が自ら働く姿を見てうつけだという、己らのほうがうつけだわ。

「……遠くないうちにわしは、信秀の門前に馬を繋ぐことになるかもしれんの」

「なっ。なんということをおっしゃいます！」

「そうでございます！　織田がいい気になっておれるのも今のうち」

話しても無駄か。今のところ織田と久遠の間に付け入る隙はない。

嫡男と親しく、随分と厚遇されておるようじゃ。その意味をこやつらは理解出来ておらぬ。

皮肉なものだな。わしも信秀も同じく主家を蹴落として今があるというのに。

わしは嫌われ、信秀は好かれておる。

尾張者は信秀を仏と呼び慕うておるのに、わしは陰で畜生呼ばわりされておるのであろう。

いかに考えても勝てん。そもそも織田は戦をして勝つ必要などないのだ。

調略を仕掛ければ美濃の国人は織田に降る者も多かろう。名目は元守護の美濃守に従うと言うてな。

それをせぬのは、今は美濃より尾張を固めたい、それだけであろう。逆に考えれば信秀が尾張を固めたときに、わしにどれだけの力があるかにかかっておるが。

無論のこと上手く立ち回れば、同盟相手として生き残れるかもしれぬが……。

織田はこれからも大きくなるであろうが美濃は難しい。遅かれ早かれ臣従せねばならぬ時が来るのであろうな。

倅の新九郎は織田との和睦すら異を唱える愚か者だ。奴では駄目だな。

事は慎重に運ばねばならぬ。

美濃がいかがなろうが、我が子孫の明日は守らねばならぬからな。

side：願証寺の僧

「聞きましたか。織田の花火とやらを」

「ああ。この世のものと思えぬほど美しいものだったとか」

「あれには鉄砲の玉薬が大量に使われておるとか」

「戦をしたばかりで、それほど余裕があるとは……」

先日の津島天王祭で織田は、夜空を明るく照らす花火とやらを披露したらしい。

極楽浄土かと思うほどの美しさに、人々はやはり信秀は仏の化身だと褒め称えておると聞く。話半分にしても、なんと恐ろしい。

実際、長島からも少し見えたとも聞く。津島に行った者は織田の凄さを方々で語っておるわ。

「早々と和睦して良かった」

「さすがは上人でございますな」

織田は先の戦でも鉄砲をかなり使うたと聞く。そればかりか、尾張では日頃から鉄砲を実際に撃って鍛錬をしておるとか。

そんな者を相手に戦えるわけがない。たわけどもは、なにかあれば一揆だ一揆だと騒ぐが、あれは最後の手段ぞ。

土地は荒れ、民は死ぬ。加賀など一向宗に対して一揆を起こされたではないか。

「桑名は慌てておりますな」

「商人の分際で織田の余力を見誤ったうつけどもが」

織田の力が明らかとなり願証寺では皆が敵対せぬことを安堵しておるが、慌てておるのは未だに和睦が叶わぬ桑名だ。

我らには蟹江の湊の普請のために派遣した民の礼として銭が届いたし、領内の食えぬ者らは飯が食えるならと喜んで行った。

だが、織田の逆鱗に触れた桑名には寄る船が減り続けておる。

「しかし桑名がこれ以上衰退すると困りますぞ」

「そのためにも蟹江の普請が役に立つ。誰が描いた絵図かは知らぬが恐ろしき策よ。桑名は惣を握る商人どもが変わらねば許されまい」

「まさか、織田はそのために⁉」

「さて、いかがなのであろうな。東海道や八風街道を使うには桑名が一番なのは確かだ。要所に敵対する商人がおっては邪魔なのは確かであろうな」

当面は桑名には手が出せぬ。少なくとも織田に敵対した商人を一掃しなくては。

商いに重きを置く織田なのだ。敵対した商人さえ消えれば機嫌を直すであろう。

とはいえ、あからさまに桑名にそれを要求しては角が立つ。我らとしても面白くない。だが桑名が衰退して我らの実入りが一刻は減っても、民が蟹江の普請で食うていければ我らの実入りも悪くはならぬ。

あとは、織田に多少の便宜を図れば今よりは良くなるだろう。

まあ蟹江の湊が出来れば以前より桑名に寄る船は減るかもしれぬが、逆に蟹江に南蛮船が集まれば商機も生まれるはずだ。

「織田はまだまだ大きゅうなりますな」

「なるであろう。我らは織田と力を合わせていかねばならぬ」

「武家が本腰を入れて商いを始めると、これほど恐ろしいことになるとは……」

「寺社が握っておったものだがな。横取りしたとは言えぬよ。少なくとも我らが持たぬ南蛮船がある限りはな」

商いは我ら寺社と商人が握っておったもの。明確に言えば奴らは横取りしたとも言えるが、日ノ本の外に単独で行ける南蛮船がある限り、我らにも利はある。

いつまでも堺に商いを握られ、石山の本山に命じられる現状よりはよかろう。

奴らは畿内の外は鄙者の地と軽く見るからな。

あとは桑名のうつけどもが、余計な勢力を巻き込まぬように釘を刺さねばならんな。

side：松平広忠

「このようなものがあるとは……」

パチパチと散る火花を見てわしは言葉を失う。周りの者も同じであろう。

織田ではこれを夜空一面に打ち上げたと聞く。

我らが田畑を耕しておる間に織田は夜空を制したのか。

「玉薬の無駄遣いであろう」

「商人の分際で」

家中の反応はさまざまだな。噂の久遠が商人ということで、見下す者も少なくない。

武芸を磨かず鉄砲のような野蛮なものを使う愚か者。そう口にする者すらおる。

「だが久遠は家臣を大切にしておる。悪い男ではあるまい」

「そうだな。行き場のない孤児や老人に仕事を与え食わせておるとも聞く。同じことを出来ぬ者がうわべだけで軽々しく批判するべきではないな」

一方で久遠を認める者もまた増えた。

久遠の家臣は郎党に至るまで大切にされておる。行き場のない者に仕事と食べ物を与えておる。三河でも聞かれる話だ。裏切り裏切られるのが当たり前な世において、そのような噂をされるだけで有能なのは確かであろう。

家柄の地位や祖先の偉業だけを誇り、没落するよりはマシといえばマシであろうな。

「なんだと！」

「武士は戦に勝ってこそ武士だ。違うか？　久遠は金色砲にて清洲を落とし、佐治水軍と共に南蛮船にて服部党を壊滅させた。それは紛れもない事実だろう」

「そんなもの。三河に来ればわしが首を取ってくれるわ！」

「己程度が久遠の陣に近寄れると思うのか？」

「わしを愚弄するなら己からその首を取ってくれるぞ！」

「止めぬか」

商人風情と考えるのならば無視をすればいいものを。何故、目の敵にして見下すのだ。

確かに武士は戦に勝ってこそ武士だ。そういう意味では久遠も武士であるな。

鉄砲や金色砲を認めぬと騒いだところで、相手がこちらに合わせる必要はない。負け犬の遠吠えだな。まさか古の武士のように一騎討ちでもするというのか？

「そもそも今川などあてにならぬではないか。竹千代様を捨てた殿に一切も報いてくださらぬ」

「確かに。今川は織田を恐れておるとさえ噂される始末だからな」

「我らからも人質は取れど助けてはくれぬ。頼りにならぬ主家にいつまで尽くさねばならぬのだ？」

家中には今川に対して不満が溜まっておる。

無理もない。織田と今川では今川が勝つと思えばこそ従い人質を出した家も多い。

されど結果は戦を避けてばかりで、三河は分断されてしまった。

矢作川の向こうの者も最初こそこちらに通じておったが、今ではすっかり織田に従うておる。

飯が食えぬ時に食わせてくれた恩は大きい、ということであろうな。

そういえば織田から竹千代を人質に従えという文も、いつの間にか来なくなったな。

最早、松平宗家など要らぬということか？

分からぬ。とはいえこれ以上、ただ今川に臣従するだけでは危ういのかもしれぬな。

織田との関わりを密かに改めねばならぬのかもしれぬ。

懸念はやはり今川に人質を出しておる者らだな。

side：六角定頼

線香花火か。風情があっていいの。

それにしても、この線香花火より遥かに大きな花火を空に打ち上げるとは。いったいいかほどの銭と硝石が必要なのであろうな。

こうしてみると甲賀から素破が流れるのが気になるわい。随分と厚遇されておると聞き、甲賀は動揺しておるからの。

されど悪いことばかりではない。そのままでは食えぬ故に素破として働いておった者が尾張に集まっただけとも言える。

それに織田の久遠家と縁が出来たとも考えられる。

「御屋形様。桑名の件はいかがなされるおつもりで？」

「いかようにもせぬ。第一いかがしろと言うのだ？　織田に桑名を使えと言うのか？　それをしてわしになんの得がある」

懸念は桑名と北伊勢だな。特に桑名は織田に絶縁され、慌てて和睦の仲介を頼んできた。織田は桑名に無理難題を突き付けておるわけではない。矢銭も謝罪も不要。それぞれ別々に商いに励むべしと言うたまで。

上手い手だ。わしでもそうするであろう。余計なことを言えばつけ込まれるのみ。ならば好きにしろと言えば一応筋は通る。

織田の商いから外されればただでは済まぬが、願証寺や大湊への牽制にはもってこいだからの。

「織田は硝石を売ってもよいと文を寄越した。量は多くはないが値は堺より安い。桑名の肩をもつ必要がいずこにある?」

織田は商いが上手い。恐らくは久遠の知恵であろうがな。他国との交渉に商いを用いるとは。

硝石は花火にも使うたらしいが、鉄砲や久遠自慢の金色砲とやらにも使うはずだ。それを隣国に相場より安い値で売るとはなかなか出来ることではない。

北伊勢の国人衆には、迂闊に手を出さぬようにきつく言わねばならぬか。もっとも奴らも織田の賦役に民を出して礼金を貰っておるからな。そうそう迂闊なことはせぬと思うが。

「京の都に戻られた公方様が、尾張の噂に面倒なことを言い出さねばよいのですが」

「銭を出すのならば商いの仲介くらいはするが、それ以上はわしが言わせぬ。織田を畿内の争いに巻き込めばいかになるか分かっておろう? 伊勢・美濃ばかりか駿河まで巻き込むことになる。さらに、北条や関東管領まで出てきたら大乱になるぞ」

織田は畿内に関わる気はないようだからな。このまま大人しく東を見ておってもらおう。公方様も側近どもも畿内の外の情勢など、まったく理解しておらぬからな。

商いならばいい。陸路を行く限り六角家に利があるからな。

されど織田を畿内の争いに巻き込めば、必ずや六角家もさらなる深みに巻き込まれる。それだけは御免だ。

やっと公方様が京の都に戻られたのだ。大人しく政をしてもらわねば困る。

「そういえば織田は清洲城を直しておるとか」

「鉄砲の備えをしておるのであろう？　わしも考えておるわ」

織田は当面は動くまい。増えた領地を治めねばならぬからな。

それに織田は鉄砲の力を見せてくれた。これからは鉄砲の世になるのやもしれぬ。国友に鉄砲を造らせて、あとは織田の鉄砲への備えを素破に盗ませ、我が城の改築もせねばなるまい。

銭がかかるが織田に後れを取るわけにはいかぬからな。

side：太原雪斎

「花火とは……、それほどの代物か？」

「はっ。夜空を一瞬明るく照らすものでございまする。文字通り夜空に花が咲いたような有り様でございました」

また尾張か。津島天王祭に行ってきた商人から聞いた話に思わず耳を疑うてしまった。

信じられぬが、そんな嘘をつくような男ではない。

「さすがに現物は手に入りませんでしたが、線香花火という土産品は買えました。中身は鉄砲の玉薬だとか」

危ういかもしれぬので小者にやらせてみたが、線香花火とやらは確かに美しい。尾張ではこれの大きなものを空に打ち上げたとか。まことか？

「花火の中身も玉薬か？」

「花火は久遠家の持ち込んだ代物。詳しくは分かりませぬが、恐らくそうではないかと」

高価な硝石をこのようなものに使うとは。名を売るために無理をしたのか？

いや、信秀はそんな安易な男ではない。費用に見合う理由があるはずだ。

「すべて数えたわけではありませぬが、四百以上は花火を打ち上げておりました。さすがは南蛮から直接硝石を買い付けておる久遠家でございますな」

「海の向こうは安いか？」

「少なくとも日ノ本よりは安いと思われます。されど、いきなり我らが船で行っても安くは買えますまい」

安いと言うても莫大な銭がかかりしはず。それを祭りの一夜で使うてしまうとは。

元凶は分かっておる。久遠だ。

「駿府に明や南蛮の船を呼ぶのは難しいか？」

「はっ。明の商人を駿府に招こうとしたのですが。尾張ならば興味があるようでしたが駿府は……」

今川家は硝石を堺から買わねばならぬ。

尾張では久遠家が海の向こうから買い付けて、伊勢の商人にも少し売っておるようだが、今川には売らぬ密約があるようなのだ。

堺まで行けばもちろん買えるが、堺では硝石の値が高すぎて話にならぬ。

織田に対抗するためにも、明や南蛮の船を直接駿府に呼びたいのだが。

堺の商人の手前あからさまに呼ぶことも出来ぬので、商人に駿府まで招くように命じたが上手くいかぬか。

無理もないな。わざわざ駿府まで来るには堺より高う買うか、駿府でなくば買えぬものが必要なのは幼子でも分かること。

だが、いずれも無理な話だ。

さて御屋形様にいかに報告するか。

織田の勢いは依然として強い。だが織田もすぐに三河に来る気がないことはこちらにとっても悪くはない。

西の織田に東の北条。そして北には武田か。

攻めやすさだけを考慮すれば、東の北条を叩くのが一番いい気もするが。北条は周りを敵に囲まれておるのだ。疲弊しておるしやりやすい。

されどあそこは血縁がある。駿河河東の一件以来あまり上手くいっておらぬがな。

織田とは対立を避けるべきなのであろうな。織田からの荷が止まるばかりか、下手をすれば伊勢や堺からの荷までもが織田に止められかねぬ。

しかし今川家ではそれを理解しておらぬ者も多く、長年の対立から織田を憎む者や見下す者も多い。

いかがするべきか。

side：久遠一馬

「久遠殿。これはいかなる木になるので？」

「これはハゼノキと言いましてね。大きくなりますと実を付けまして、その実からは木蝋が作れるんですよ。育つまで年月がかかりますが。佐治殿の子の代には実がたくさん採れますよ」

今日は知多半島に新しい植物の苗を持参した。

それは和名ハゼノキ。史実において安土桃山時代に日本に入り、江戸時代には和ロウソクの原料である木蝋を作るために西国で盛んに栽培された木だ。

「ほう。それはまたいいものを」

「いつの日か戦がなくなっても食べていけるように、山を豊かにしましょう」

「戦がなくなる日ですか。武士としては少し複雑な気がしますな」

海外の山から空中艦でこっそり苗を採ってきたハゼノキを知多半島に植えて、将来的には全国に広げよう。

洋ロウソクも普及させたいけど和ロウソクも普及させたい。

樹木は育つまで時間がかかるからね。山の再生をしている知多半島にはぴったりだ。このあとには水野さんのところにも持っていく予定だ。

「戦がなくなっても武士は戦に備えなくてはなりませんよ。その時の敵は日ノ本の外かもしれませんね」

「文永の役と弘安の役ですな」

「ええ。船の性能はどんどん良くなっています。いずれ明や南蛮が大挙して攻めてくる日が来るかもしれません。私たちが生きている間にはないかもしれませんけどね」

戦がなくなる時代の話をしたら佐治さんに少し驚かれた。

考えてみれば一世紀近く戦乱が続いているしね。あまりリアルに考えられないのかも。

でも、いつか外国と戦になるという話は、割とあり得る話として受け止めてくれたみたい。

文永の役と弘安の役。このふたつを合わせて元の世界では元寇という。

大陸を制したモンゴル帝国が日本に攻めてきた戦の話。今から二百五十年以上前の鎌倉幕府の時代の話だけど、さすがに知っていたみたいだね。

「そのような兆候はあるので？」

「明はないですね。ただ、南蛮では遠方の土地を攻めて支配している国もありますよ」

「なんと！」

「日ノ本まで攻めてくる力があるかは、分かりませんが」

実際にこの時代のスペインに、日本まで攻めてくる力はないだろう。ただ、南蛮人があちこち征服しているのは確かなことだ。

宣教師が上手く手を貸しているのも確かなんだよね。彼らからすればキリスト教以外は認めないから、キリスト教の国を増やすのは正しいことだと考えていそうだし。

「恐ろしき世になりますな」

「そうでもないですよ。きちんと備えておけばいいんです。佐治殿にはそのためにも期待していますよ」

「戦に備えるために、日ノ本の中での戦はなくしたいというわけですか」

「ええ。日ノ本は海に囲まれています。いずれ水軍は戦の花形になりますよ」

佐治さんの領民がハゼノキを植えるのを見ながら少しだけ将来の話をしたら、佐治さんの家臣が驚きポカーンとしている。

佐治さんはまだ話に付いてきているけど。家臣は付いてこられなかったらしい。

そんなに驚かなくても。敵は日ノ本の中だけじゃないんだよ。佐治水軍には大いに期待している。

「子の代ですか。気の長い話ですな」

「そうですね。でも、実の採取は何年かしたら出来るようになりますよ」

知多半島は史実より早く豊かにしたいな。

織田の本領である尾張だしね。将来的には船の通行税をなくしたい。

そのためには通行税に頼らない水軍にしないとな。

✿

津島天王祭での日本初の花火について、周辺の諸勢力の反応が一部の資料に残っている。

夜空に炎の大きな花を咲かせた。そんな噂と共に久遠家が同時期に売り出した線香花火がもたらされたようで、各勢力とも線香花火を見ながら打ち上げ花火を思い描いたと言われているが、実像よりも過小評価していたところが多いと思われる。

ただし、当時の日本で高価だった火薬を大量に用いたということだけは伝わっていたようで、その財力を警戒した記録が幾つかある。

もっとも情報が伝わりにくい時代に織田の動きをいち早く掴んでいたことが、諸勢力が織田に注視していた証しであるとも思われ、それぞれに対抗しようとしていたことが伺える。

この花火により織田は天下にその名を轟かせることになった。

ハゼノキを日本に最初に持ち込んだのは、久遠一馬である。

一馬は早くから知多半島の森林回復を進めていて、知多半島の水野家や佐治家などと共に常滑焼きを作るために失った森林を植林により回復させている。

ハゼノキもその一環だったようだが、いつか太平の世になった暁には知多半島の人々の生活が成り立つようにとさまざまな方策を打ち出して支援している。

特に佐治為景とは当初から親交があり親しかったようで、造船から漁業に農業までさまざまな支援を惜しまなかったようである。

そのおかげか知多半島では今でも久遠一馬は地元の人々に愛されていて、久遠一馬が植えたとされる木が幾つかご神木として現存し残っている。

皇歴二七〇〇年・新説大日本史

第四章　尾張の夏と三河の夏

side：久遠一馬

「さすがですね。これほど進んでいるとは……」

「費用はすべて、大殿から頂いておりますので」

今日は信長さんと尾張上四郡の山間部にある山の村の予定地を視察に来た。

ここの建設は伊勢守家に任せていて、伊勢守家家老の山内盛豊さんが陣頭指揮を執っている。ウチも忙しいからね。

具体的には村の建設と井戸掘りになる。畑も多少造成しているけどね。

「冬までには終わるか？」

「はっ。必ずや」

あんまり急がせなくていいんだけどな。信長さんが来たからか山内さんも緊張気味だね。

ここの賦役も那古野や清洲と同じ、ご飯と報酬を払うやり方で進めている。集めている領民は伊勢守家の領民だ。

お金がかかるけど評判がいいしね。聞いた話だと報酬を払わない賦役は領民が嫌がるので効率も良くないらしい。

貨幣経済を浸透させる目的を考えれば、現在のやり方は悪くはない。

「最初に銭になるのは炭か？」

「恐らくは。椎茸と絹は少し試す必要があります」

ここのテストが上手くいけば、領内の山間部はかなり楽になる。上四郡には山もあるし米作りに向かない場所もある。

炭は植林をしながら計画的に生産すれば長くやれるだろう。

「山の暮らしが楽になれば多少は変わるか」

「将来を考えると、今のうちに技術を会得した人を育てないと駄目ですからね」

この山の村の計画が上手くいけば、山間部の価値が変わるだろう。

上四郡でも山間部に領地がある人は注目しているだろうし、美濃とか三河とか将来的に領地が広がったときのためにも今からやらないとね。

なにより日本は山が多い国だから。山の活用はしていかないと。

「お昼に致しましょうか。皆様もよろしければどうぞ」

「これは……イカか？」

この日のお昼は山の村の予定地にて食べることになった。メインはエルの手作りのいかめしだ。

「イカの中に米ともち米を混ぜたものを入れております」

「ほう。では某もひとつ頂きまする」

集落の建築現場で働いているみんなもお昼にするようで、オレたちは少し離れた見晴らしのいい丘の上でお昼にする。

おかずは猪肉の角煮とか卵焼きとかゲソの唐揚げに、きゅうりのぬか漬けとかがある。あちこちに視察とか行くことが増えたので、最近はお出かけするときは弁当を持参しているんだよね。

行った先で気を使わせるみたいだし、護衛も多いので大人数で移動するからさ。

「これは美味いな。味が染みておる」

「まことに贅沢でございますな」

うーん。昔食べた某駅弁を思い出すな。この時代の皆さんにも好評なようだ。

ただ、ウチと伊勢守家で反応が微妙に違う。

信長さんたちはウチに慣れているので美味しいと普通に食べてくれるけど、山内さんたち伊勢守家の人は贅沢だと驚いている。

イカは昔から日本で食べられていたお馴染みの食材だけど、大半は干してスルメにしちゃうんだよね。生の海産物は保存が出来ないから。

この時代の輸出品にはスルメもあるんだとか。他所で扱うからウチはあまり扱っていないけどね。

「さすが、久遠殿だ」

「まるで正月のような料理を毎日食べておるのであろうか？」

「そりゃ、そうだろ。伊勢の商人が頭を下げるんだぞ」

イカ自体はこの時代でも珍しくはないが、やはり生のイカ料理は珍しいのか？　伊勢守家の皆さんに噂されている、というか聞こえているよ。

柔らかく煮たスルメイカに、うるち米ともち米を混ぜた中身にまでイカのうま味と醤油ベースのだし汁が染みていて美味しい。

もち米を使っているから腹持ちもいいしね。

いつか北海道を開拓出来たら郷土料理として普及させたいな。


「本当は川の流れそのものを、変えたほうが良いんですけどね」

「ほう。それは面白そうな話だな」

数日後、この日は信秀さんのお供として清洲の普請を視察に来た。

現状で行っているのは拡張する街と城の土台の造成、それと清洲の真ん中を流れる川の堤防造りになる。

石垣は石を運んでくるのが大変なんだよね。本当コンクリート製の石垣を考えたくなる。

トラックもクレーンもないから時間がかかる。だけど城は国の象徴だ。周りへの影響も大きいから現状だと石垣が無難だろう。

川の堤防は時代相応のものなのでそれなりに進んでいる。

「ところどころに堤防を造るのではなく、河川全体の整備をして水害が起こらなくするのが理想かなと」

「確かに、理想ではあるな」

尾張の欠点は木曽川と言われる木曽川・長良川・揖斐川の問題だろう。

史実においても氾濫を繰り返していて、江戸時代や明治時代に何度か大規模な工事をしている。

織田は現状ではかなりの財力はあるが、木曽三川の大規模な工事は時期尚早だろう。

財源には限りがあるし、清洲と蟹江の普請を中心に那古野の拡張も地道に行われている。なにより中小の領主が点在していて河川の大規模工事は利害関係が面倒で大変だ。

将来的には治水や街道整備は、織田家の専権事項にしてしまうべきなのかもしれない。

それに江戸時代のように小さな藩を乱立させるのは、開発の妨げにしかならないしね。いずれは統治方法とかも考えるべきかもしれないが。

「現状だと堤防を増やして、川底の土砂を取り除くのがいいでしょう。遊水池の整備も必要ですね」

「やることは山ほどあるか」

「三河や伊勢からの流民を、各地の普請場に配置してはいかがでしょう。蟹江と津島や熱田間の道の整備もそろそろ始めたいですし」

「よかろう。村をつくるより銭がかからぬな」

将来の話はおいといて、尾張国内の開発には三河や伊勢や美濃から逃げてくる流民を使おう。

鉄製のスコップやツルハシや鍬も数が増えていて清洲の普請場で活躍している。今後も増えたら流民を黒鍬隊にすることも出来るはずだ。

「それにしても戦以外の仕事が増えるな。槍しか使えぬ者は胆を冷やしておるかもしれぬぞ」

「元来、国を治めるというのはそういうものかと思います。戦をしなくても食えるように致しませんと」

信秀さんは、また戦以外の仕事が増えると笑っていた。

武士は戦こそ本分だというか、戦が第一だと考えるからね。なによりも戦で働ける人が求められてきた。

とはいえ、それをやっているといつまでも戦乱が終わらない。

史実だと江戸時代初期は、戦場を渡り歩いていた牢人たちの処遇などでいろいろな苦労や混乱があったみたいだからね。

「戦をしない世か。そなたは意外に欲張りなのかもしれぬな」

「人は欲張りなものですよ。私は太平の世で商いをしながら、のんびりと生きるのが願いです」

「自らの天下は欲しくないのか」

「いらないですよ。散歩も気楽に行けない身分のどこがいいんですか。民が潤って飢えなくなる世が来たら、殿もそう感じるかもしれませんよ」

イキイキと働く領民を見ているのはいいもんだね。

信秀さんと冗談交じりの話をして、一緒に笑いながら領民を見ているのは楽しい。

というか冗談交じりの笑い話だからね。周りの皆さん、このくらいで驚いて固まらないでよ。

信秀さんは、そんな周りの反応もまた面白そうに見ていた。

side：本證寺の僧

「また民が減りましたな」

「織田に逃げたか？」

「恐らくは」

罰当たりどもめが。また、逃げたか。

織田に行ったところで流民の行く末など決まっておるというのに、愚かなことを。

「織田に返還を求めますか？」

「していかがなる。向こうとて三河から流れていく流民で困っておるはずだ」

うつけめ。返還など求めれば恥の上塗りではないか。それに借りをつくれば返さねばならなくなる。

そもそも誰が我らの寺領から逃亡した者か、いかにして見極めるつもりだ。まさか、織田領の流民をひとりずつ問いただすのか？

流民に元の村に帰るように言うたところで、素直に帰るくらいならば始めから誰も逃げ出さぬわ。

織田も好きで流民を受け入れておるわけではあるまい。三河の領地を治めるために仕方なく受け入れておるだけであろう。

むしろ向こうから逃亡させるなと言われたら、いかがするのだ？

「しかし羨ましくなりますな。織田は銭が余っておる様子」

「確かに。境界の村など織田に従いたいと言い出す始末。仏罰が下ると言い聞かせましたが……」

三河は変わった。特に、矢作川流域は織田領だけが飢えなくなった。織田は民に飯を食わせることで、三河支配を確固たるものにした。

誰もが愚かだと笑うた。そんなことをするくらいならば放棄したほうがいいと言うた者もおる。

されど結果は、織田が三河を揺るがす存在となったのだからな。我らがうつけだったということか。

「今思えば、流行り病の助力はしても良かったのでは？」

「確かに……」

我らと織田の関わりは、悪くはないが良くもない。

所詮、今川に負けて三河から叩き出されるのだからと、付き合う気がなかったからな。

昨年の冬に、織田から流行り病の知らせと助力してほしいとの文が届いたが、織田の謀かと拒否した。

結果は散々だったがな。

以降は季節の挨拶と称して酒や高価な贈り物は届いておるが、助力してほしいとの話は一切来ぬ。

織田が我らを恐れておるのだと皆、上機嫌だが、民は我らより織田を望む者が増えておる。

民とは愚かだ。仏の道も理解しておらぬ。

「願証寺は織田に屈したそうですな」

「門徒を見捨てるとは愚かな」

「向こうは輪中。南蛮船に恐れをなしたのであろう」

我らと違う決断をしたのは願証寺だ。やつらは織田に従うことを選んだ。まあ、我らとは置かれておる立場が違う。織田にとって三河は放棄しても構わぬ地なれど、津島は織田の本領だ。敵対すれば潰しにかかるはずだからな。

「ともかくだ。逃亡する民は許すな。仏に背く者には厳罰をもって対処するのだ」

織田も願証寺もいかようでもいい。我らは我らの寺領を治めるのが役目。織田に逃亡する民を捕まえ厳罰に処して、見せしめにしなくてはならぬ。いずこに行こうがこの世に極楽浄土などないのだ。

side：久遠一馬

「打ち込みが甘い！」

「はい！」

この日、学校の校庭では警備兵五十人ほどが剣術の稽古をしていた。

別に珍しい光景じゃないけど、彼らの得物が竹刀であることはこの時代では他では見られない。オレも知らなかったが、この時代に竹刀はないらしく、竹刀の前身となった袋竹刀というものもまだ存在しないみたい。

怪我を避けるために、寸止めと呼ばれる、相手の体に触れる前に刀を止める木刀の稽古に不満だったジュリアが、竹刀と元の世界のような防具を作らせたんだって。よほどの上級者以外が寸止めで練習すると、変な癖が付くらしい。

警備兵は生かしたまま捕らえるために十手とか投げ縄に投網とかいろいろ教えているけど、戦にも出るから武芸も普通に教えているしな。

「……以上を守って」

校舎のほうではこの日は助産師さん。この時代風の呼び方をするなら取り上げ婆か。彼女たちに対してケティの出産指導が行われていた。

そんなに難しいことは教えていないみたいだね。基本的な知識や衛生面の指導とかくらいらしい。

ただ、この時代だとそれでも違うみたい。

元の世界の感覚だと出産は病院でというイメージだけど、日本でも第二次世界大戦後になってもしばらくは自宅出産で助産師の資格を持つ人が取り上げるのが普通だったとか。

若い子と違って年寄りは頑固だからね。自己流を貫く人もいそうだけど、根気強く指導してほしい。

「はい。みなさん上手ですね」

また別の教室では女性を対象にした、読み書きの指導を千代女さんがしていた。

千代女さん。意外と言っては失礼だけど、人に教えるのが上手だと評判なんだよね。牧場の孤児院の子供たちや領民の評判がいいから、織田家中の女性向けの読み書きの先生に抜擢した。

本人は恐縮していたけど、上級武士は自家で教えるしね。中級から下級武士の子女に加えて、武家で働く奉公人なんかは結構習いに来るんだよね。

ああ、生徒の中には悪徳商人から太田さんが助けたお藤さんもいる。頑張っているな。

学校の全体的な評判は上々だ。ただし、先生のスケジュール次第だから、毎日同じ授業はない。

基本的には、授業をする場合は朝から夕方までか、朝からお昼まで休憩を挟みつつ同じ授業をしている。

医師に関しては滝川家と望月家から選んだ助手を教え始めた以外は、今のところ本格的に教育は出来ていない。

一番医師に近いのは忍び衆らしいからね。薬の知識もそれなりにあるようで結構凄いらしい。

現状だと時々護衛として付き合っている慶次が、一番ケティたちの医術を理解しているのかもしれない。

孤児や警備兵を含めて一定の教育をしたら、才能がありそうな人に勧めたり志願者を募るくらいはするけど。

どこまで教えるかも含めて手探り状態なのが実情だ。

そうそう。清洲にいた医師は、いつの間にかいなくなっていたみたい。自称京の都かどっかで習ったと言い、大和守家の時代はそれなりに繁盛していたらしいけど。

そもそも、医師に診てもらうのは武家や商人なんかの富裕層だけど、そういった人たちはウチの病院に来るからね。

ただ、まったくの詐欺とかではないらしく、この時代でみれば最低限の薬の処方は出来ていたみたい。実のところ薬の知識も寺社の僧とかにもあるしね。

医師と薬師の境も曖昧だ。

他にも自称医師や自称薬師は無名な人がまだ清洲には数名いるらしいが、そっちは開店休業状態らしい。ちょっと調べたら胡散臭いみたいだから、やぶ医者というか素人が名乗っているだけかもしれないが。

本当はもっと読み書きを領民にも勉強してほしいんだけどなぁ。

現状だと生きていくのが精いっぱいで、領民も読み書きの必要性を感じていない。

農業試験村でさえ、オレの指示で勉強はしているらしいが覚えても使い道がないと言っているらしいし。

絵本とか普及させるか？　紙の生産増やさないと駄目だよなぁ。あまり長持ちしないがわら半紙でも生産するべきか。

最悪でも書道の練習紙にはなるよね。

side：三河の本證寺領の農民

「急げ！　もうすぐ織田様の領地だ！」

月明かりも見えぬ真夜中。家族を連れて走っている。

乳飲み子や幼い子を抱えて、着の身着のままでだ。

見つかったら叩かれるか殺されるか。いずれにしても大変なことになる。

分かってはいるが、このままでは生きていけない。

おらん家の田んぼは湿田だ。春に米を植えて秋に収穫する以外に作物は植えられない。それも高い年貢にほとんど持っていかれる。

年貢を払えねば仏罰が下るぞと言われて、子を身売りしてでも払えと言われる。

もう限界だ。おらん家は特に田んぼが少ない。草や木の皮に僅かな雑穀を食べる日々はもう嫌だ。

嫁の実家は織田様の領地だが、向こうでは賦役に参加すれば飯が食えるらしい。この冬は餓死者も出なかったと聞いた。

一か八か逃げるしかなかった。

「そのほうらは八人か。家族か？」

「はっ、はい」

「職はなにをしておった？」

「田んぼを耕しておりました」

織田様の領地に無事にたどり着くことは出来たが、すぐに見つかり捕まってしまった。

どうやら同じように逃げてくる者が多いようで、またかと言われた。

流民となった者は歓迎などされない。良くて追放され、悪ければ戻れと言われるか売られるかだ。

せめて子らだけでも嫁の実家に行かせてやりたい。元気で働けるからなんとか生きていけるだろう。

「ここに来ても楽ではないぞ。だが、尾張ならば働き口はある。家族で飯が食えるのだけは偽りはない。ただし、死ぬ気で働くならばだがな。いかがする？」

「お願い致します！　死ぬ気で働きますので、どうかお願い致します‼」

「分かった。とりあえず、数日はここで休むがいい」

信じられなかった。

殺されても文句が言えぬのに、まさか働き口を与えてくださるとは！

むろん、偽りではないのかとの不安はある。行った先で奴隷として死ぬまで働かされてもおかしくはないんだ。

「あんたたち、大丈夫かい？　さあ粥をお食べ」

「……銭がありません」

「いいんだよ。織田のお殿様が下さった粥だ。感謝してお食べ」

しかし、詮議が終わるとおらと家族には、なんと粥が差し出された。味噌の匂いがする粥などいつ以来だろう。

涙が止まらない。慌てて食べる子らを見ながら、おらは涙でなにも見えぬまま頭を地面に擦り付けて織田のお殿様に感謝した。

「ほら。あんたもお食べよ。あんたが食べて働かなかったら、誰が子たちを食わせるんだい？」

ああ。美味い。味の付いた飯など久しく食べていない。

おらたちのような者にまで粥を与えてくださるとは……。

「いいかい。あんたたちは松平様の領地から逃げてきたんだ。向こうで誰かに聞かれてもそう答えるんだよ。松平様なら敵国だから返されることはないからね」

粥を与えてくれた婆様は、おらたちがお寺様の領地から逃げてきたことに気付いていた。

向こうでも逃げ出す者が後を絶たず噂になっていたんだ。気付いて当然なんだろう。

この日は家族で抱きあい、泣きながら一日過ごした。

いずこに連れていかれても、あの地獄のようなところよりはいいはずだ。

なんとしても家族を守らねば……。

side：久遠一馬

「どうだ？　気持ちいいか？」

「ヒヒーン！」

この日は特に暑い。戦国時代は小氷河期とか言って、あまり暑くない日が多いけどね。だが、当然暑い日もある。

馬も暑そうな気がしたので、那古野の屋敷で馬たちを洗って汗を流してやっている。馬の気持ちは分からないが上機嫌に見えるね。

那古野の屋敷には日頃オレたちが乗る馬が何頭かいる。

みんなポニーみたいな大きさの馬だ。でも、近隣の移動に使うなら十分なんだよね。どのみち護衛のみんなは徒歩なんで、馬で駆けるというよりは乗ってゆっくりと進むだけだし。なんか気分はふれあい動物園のお子様乗馬だけど。

「殿。そのようなことをなされては……」

「いいから。いいから。休憩していていいよ」

馬の世話をする奉公人が困惑しているけど、いつものことだ。きっと変人だと思われているんだろうな。

でもまあオレたちのやることが武士から外れているのは今更だし。動物はこうしてスキンシップすることも必要だと思う。

「今日のお昼は?」

「ピザですよ」

外は暑いけど元の世界みたいな蒸し暑さはなく、特に屋敷の中は意外に涼しい。

吹き抜ける風に涼を感じつつお昼になるが、今日のお昼ご飯はピザだった。

この季節はトマトがあるからね。煮込み用のトマトも牧場で試験的に少し育てている。

「ほう、新しいパンか」

お昼時になるとやってくる信長さんは、川で水練をしていたのだろう。髪がまだ濡れている。ああ信長さんはパンを何度か食べている。ウチには竈風の薪オーブンがあるし、パンはエルたちが時々焼くからね。

どうやら信長さんはピザの見た目から、新しいパンだと思ったらしい。

「熱いうちにどうぞ」

「うむ。これは……初めての味だな！」

今日のピザはなんちゃってマルゲリータか。バジルは実は那古野の屋敷の一角にハーブを植えているから育っている。モッツァレラチーズは牧場の牛の乳からリリーが試作したらしい。

ピザ一つ作るのも大変なんだよなぁ。元の世界なら電話一本で食べられるのに。

エルが切り分けたピザを慣れた様子で頬張る織田信長。うん。地味に歴史を変えたね。いつものことだけど。

あれ？　モッツァレラチーズってこの時代にあったのかな。これあんまり保存出来ないチーズだよね。まあいいか。遠い未来でピザの元祖争いをする、日本とイタリアの姿がありそうな気もするけど。

トマトソースとチーズとバジルのコンビネーションは最高だね。生地も小麦の味を感じて美味い。

そうだ。瓶詰でも作るか。ガラスがあるし。トマトソースならそれなりに保存出来るんじゃないかな？　後でエルに相談するか。

瓶詰が出来たら食生活がだいぶ豊かになるはず。

「かず。午後は獣狩りに行くか？」

「そうですね。鹿か猪が欲しいですね」

肉食が増えたせいか栄養状態がいいせいか、信長さん身長伸びたな。年齢的にも史実より身長伸びたりして。

午後は肉確保のための獣狩りだ。田畑を荒らすし獣狩りは領民にも喜ばれるから一石二鳥だ。

余裕が出来たら、豚の飼育も始めようかな。豚は雑食だから餌の確保が楽だしね。

side：平手政秀

「うむ。ようやった」

「はっ！」

また、書状が増えたのう。

織田弾正忠家は大きゅうなった。わしが仕え始めた頃はまだまだ小さかったのを、改めて思い知らされるわい。

先代様も、今ごろ草葉の陰で喜んでおられよう。

「平手様。市江島からの書状が届いておりまする」

「そうか。よう読み考えてみよ」

「はっ」

仕事は物凄く増えた。

尾張国内はもとより美濃大垣や三河安祥からも書状が頻繁に届く。内容はさまざまだ。三河の三郎五郎様などは今川・松平方面からの離反者や流民、本證寺からの流民などの報告から始まり、米の生育や領境の小競り合いなど多岐にわたる。

分国法の影響であろう。三河は分国法の範囲外ではあるが、三郎五郎様は細かな報告を寄越すようになられた。

やはり聡明な御方だ。一時期は若よりも、三郎五郎様を後継ぎにと囁く声が聞こえたほどじゃからの。

わしは文官の者らと共にそれらを読んで懸念がないかと考え、場合によっては新たに調べなくてはならぬ。

もっとも報告の書状が一番多いのは久遠家からであるがな。

商いの詳細から忍び衆が集めた各地の様子まで、毎日のように書状が届く。

久遠家からの書状はそのまま殿にお見せすることにしておるが、我らで事前に目を通して必要ならば献策することにしておる。とはいえ、久遠家からの書状には策の素案も付いておるので、大事にはなっておらぬがな。

他には書状の内容を別の書に清書して残すこともしておる。税や人の数、仕置の結果から噂に至るまで、個別に分けて残しておけば確かに見やすいからのう。

とはいえ、貴重な紙をこうも大量に使うのは、気が引けるところもあるがの。

大半の国人衆らは分国法の意味を理解しておるまい。ただ、殿の気まぐれに付き合う程度の認識の者もかなりおるはずだ。

「平手様。この件は……」

「それは別にしておこうか。調べねばならぬ」

文官として働く者は理解しておろうが、文官の仕事ばかりが増えるのはなにか考えねばなるまい。遥か昔は朝廷と公家が日ノ本を治めておったと聞き及ぶ。このやり方はその頃に似ておるのやもしれぬな。

わしも詳しくは知らぬが、力で治めるわけではない別のやり方じゃからの。

公家から政を奪った武家が公家の真似事など皮肉に思えるが、足利家の真似事をしたところで国は治まらぬ。

一馬殿らが献策したやり方じゃが、試してみる価値はあるはずじゃ。

「それにしても久遠殿の商いは凄まじいですな」

「納める銭の桁が違いすぎまする」

そんな書状の数々だが文官の者らですら驚くのは、やはり一馬殿の商いの書状か。銭の鋳造などを隠した偽りの書状じゃがの。

それでも久遠家の商いによる利益は凄まじいの一言に尽きる。

使える銭は、殿より多いのかもしれぬな。すべてをまとめて見れば織田家のほうが実入りは多いが、使える銭は、津島や熱田の町衆から納められた銭と久遠家から納められた銭が大半じゃからの。

「久遠家は厳密に言わば、日ノ本の外に本領がある独立した家じゃからの。織田に臣従はしておるがわしらとは違い立場が別格でもある」

文官の者らでもあまり理解しておらぬのは、久遠家が日ノ本の外に領地があるという事実。小さな島が幾つもある諸島で細々と生きてきたと言うてはおるが、朝廷にも足利家にも属さぬ土地を持つ意味は大きい。

家臣であると同時に独立国の領主に相応しい扱いを殿ですら心掛けておられるからの。

「確かに……」

いずれは織田一族と血縁を結ぶのが必要なのじゃが……。

懸念があるとすれば、一馬殿があまりその手の話を好まぬことか。本人は一介の家臣でいいと平然と口にするが、そうはいかぬからの。

若も必要ないと考えておられるのが、また難しい。

まあ当面は現状のままでも大丈夫であろうが。

✿

天文十七年夏、織田信秀が久遠一馬と遠乗りに出かけて話した内容が残っている。その場にいた太田牛一が克明に書き残していたものだ。

すでに尾張に大きな影響力を持っていた頃になる一馬と、まるで我が子のように話す信秀に、家臣一同驚いたと記されていて、信秀がいかに一馬を気に入っていたかという逸話のひとつに挙げられている。

織田家と久遠家の関係については現在も研究がされているが、当時の資料に不仲を示唆するようなものは残っていない。
現在、剣道で用いる竹刀と防具を考案したのは、今巴の方こと久遠ジュリアである。織田家仕官以降、彼女は久遠流武術を家臣や警備兵に教えていたようであるが、寸止めだった当時の稽古に不便を感じて考案したと伝わる。

皇歴二七〇〇年・新説大日本史

第五章　伊勢神宮参拝

side：湊屋彦四郎

父の店を継ぎ、四十も半ばを過ぎた。まさかこの歳でこれほど苦労をするとはな。

きっかけは尾張と伊勢の境にある市江島の服部友貞であった。あの男が織田様と争うておったことは周知の事実なれど、大湊がそれに巻き込まれるとは思わなんだ。

織田様は僅か一年も経たずして、伊勢・尾張の海と商いを制してしまった。

久遠様。日ノ本の外から来た氏素性も定かではないお方。このお方の功によるもの。

直に会うた者は穏やかなお方だと言う。一方で筋と礼儀を通せば悪い扱いは受けぬが、力で脅そうとした者などは許されることなく相手にしてもらえぬ。

とはいえ大湊の商人が服部友貞に加担したことは許された。早々に詫びを入れたのが功を奏したのであろう。もっともわしは服部友貞になど加担しておらぬがな。

「織田の御嫡男と久遠家の当主か。この時期に大湊に来るとは……」

倅も驚いたのであろう。信じられぬと言いたげだ。つい先日までは桑名同様に絶縁されるのではと騒いでおった相手だからな。

それが神宮を参拝するために大湊まで船で来ると使者がきた。

「大湊におられる間は当家にて滞在なされることになった。支度を頼むぞ」

相手がただの武士ならばいい。噂の久遠様だと知ると会合衆の者らも二の足を踏んだ。日ノ本の外の生まれということもあり、いまひとつ分からぬ相手。

誼は通じたいが、失態を犯すと取り返しのつかぬ相手でもあることが理由であろう。

わしは幾度か会うたこともあり接待役を引き受けた。

はてさて、いかがなるのやら。楽しみであり、怖くもあるの。

side：久遠一馬

今日も天気がいい。この日オレたちは、信長さんと共に伊勢神宮にお詣りに行くために、津島にて出航準備をしている。

船はガレオン船一隻とキャラベル船一隻の計二隻で行く。

伊勢神宮に近い大湊や北畠家には事前に知らせてある。別に戦をしに行くわけでもないけど、南蛮船が一番速いし面倒がない。

ちょっとした威嚇というか砲艦外交的な側面もあるが、それはまあおまけだ。

実はお詣りという名目ではあるが、先の服部友貞との戦の際に大湊や桑名と微妙な関係となり、その力を信長さん自身が見たいと言い出したのが本当のところ。

伊勢神宮と織田家の関係は悪くない。数年前には信秀さんが伊勢神宮の建て替えに銭や木材を奉納して、朝廷より従五位下三河守の位を得ているらしいしね。

オレたちの行動の結果もあり、あれから織田家は大きくなった。お礼の意味を込めてお詣りすると言えば角は立たない。

「こいつはでかいな……」

今回初めて南蛮船に乗る慶次とか若い衆は、初めての興奮からか楽しげにあちこちを見ている。

船って乗らない人からすると、乗るだけでわくわくして楽しいんだよね。オレは元の世界のリアルだとフェリーくらいしか乗ったことがないけど。

連れていくのは船乗りに擬装したロボット兵を除いた二百人。オレたちの護衛やら伊勢神宮に奉納品や供物を運ぶための人員になる。

「出航準備が整いました」

「よし。では出航するか」

準備が整うと信長さんの命令で、錨を巻き上げて帆を張った船が動きだす。

帆にはなにも描いていないけど、今日は織田家が戦で使う旗印が何本も見えるように立ててある。

潮風が気持ちいいね。

ああ、積み荷はいつもウチが扱う商品と銭や米になる。一部は案内役を頼んだ大湊の商人へのお礼の品だけど、大半は伊勢神宮への奉納品や供物になる。

以前朝廷に献上した鏡や安全な白粉も持ってきたけど。喜ぶのは銭か金色酒かな?

「相変わらず速いな。もう津島が見えぬようになったぞ」

信長さんは、キャラベル船には佐治さんのところに行くときとか何度か乗ったことがあるし、織田一族の津島沖クルーズとか、先日の戦でも市江島に行く短い距離だけどガレオン船にも動いているときに乗ったんだけどね。それでも楽しそうだ。

服部友貞の一件で伊勢の水軍衆とも関係は改善したので、今回は陸地が手近に見える沿岸航路を行くことが出来る。

みんなが遠足に行く子供に見えるのは気のせいだろうか。

まあ楽しくて仕方ないのは分かるけどね。気分的にはファーストクラスでの海外旅行かな？　行ったことないけど。

「大丈夫？　これ飲んで」

船が出航してしばらくすると、やはり船酔いになる人が出てきた。多分はしゃぎ過ぎたことも影響したんだろう。

ケティが事前に用意した酔い止めの薬を飲ませて大人しくさせている。

「海の上で握り飯を食うのもいいものでございますな！」

「ああ。景色がいい」

ちなみに慶次と信長さんはピンピンしていて、用意してきたお弁当を食べている。

連れてきた人たちもほとんどは元気なんだけどね。今日はそんなに波が高くないし。

伊勢神宮は元の世界でも行ったことないから初めてだな。どんなところかオレも楽しみだ。

side：織田信秀

「殿。よろしかったのでございますか？」

「構わぬ。三郎も他国を見聞することが必要であろう」

三郎と一馬が伊勢に行った。

家中の者の中には、先日戦をしたばかりであり危ういのではと口にする者もおる。されど桑名を除く伊勢・志摩の者には事前に知らせは出した上で、話も筋も通っておるのだ。大きな障りはあるまい。懸念があるとすれば船が沈むことだが、まあ大丈夫であろう。内海から出るわけでもない。

「最早、尾張半国にも満たぬ弾正忠家の嫡男ではないのだ。広い世を見ておかねば織田に先はない」

本当はわしも行きたかったのだがな。統一したばかりの尾張を離れるわけにはいかぬ。

伊勢は尾張に似ておるところがある。神宮と大湊・宇治・山田などは共に栄えてきたからな。学ぶべきことは多かろう。

「そういえば久遠殿は紙芝居とやらにて、民に津島神社と熱田神社に詣でることを勧めたりしておりましたな」

「あれも評判ですな。民が非常に喜び楽しんでおりまする。しかも活躍すればその者の名が領内すべてに広まる。家中には早くも次の戦を待ちきれぬ者がおります」

紙芝居か。確かにあれも評判は驚くほどいい。

いずこかの坊主が絵解きで勧誘しておるのは噂で聞いたことがあるが、一馬はあれを娯楽にしおった。

しかも、領内への知らせや戦の原因から結果まで知らせて歩くのだから、武家もあれに注目しておる。

近頃では佐治水軍と森三左衛門があの戦では活躍したと、紙芝居で絵にして見せて歩いておるからな。当人たちが一番驚いておろう。

それが良い刺激となり、次は己がと騒ぐ者がおるほどだ。褒美も欲しいが、名を売る機会も欲しいということか。

「近頃では津島神社や熱田神社に行く者も増えたとか」

「熱田神社の千秋殿が、来年は花火を熱田神社でもやってほしいと久遠殿に頼んだようですな。さすがの久遠殿も困っておるでしょう」

「花火は津島と熱田で交互にやればよい」

寺社の対策においては、一馬とわしは考えておることが似ておる。

一馬は津島神社と熱田神社を立てることで、一向宗などの寺社に対抗するつもりであろう。

神宮もそれと同じ。朝廷と繋がりの深き神宮を詣でることで織田の立場を朝廷や世にはっきりと示せるはずだ。

花火は毎年やれるだけの備えは出来るらしいが、さすがに二度はやりすぎだ。津島神社と熱田神社で毎年交互にやれば良い。

side：久遠一馬

やっぱり船は速いね。確か江戸時代の記録だと、那古野から伊勢神宮までは徒歩で三日だっけ？

まあ史実の江戸時代は今みたいに関所が乱立していないから、旅が楽だったみたいだけど。

この時代だと伊勢神宮に行くまで関所が数十ヶ所あるらしいので、着くまでにどんだけお金がかかるのやら。

「刀、邪魔だね。持たなきゃ駄目かな？」

「駄目ですよ」

船はなんの支障もなく大湊に着いた。港には多くの人がいて賑わっている。

ただまあ、オレたちは降りる前に着替えなきゃならない。

信長さんは放っておくとうつけ殿スタイルだし、オレは清洲城に登城するとき以外は、その辺のちょっと金持ちな商人のような着流しだしね。

エルに渡された刀を腰に据える。刀もほとんど持ち歩かないから、慣れなくて邪魔なんだよね。

ああ、着替えているといえば、エルたちも普段は質素な服装だからね。今日は武家の奥方のような服装に着替えていたけど。

「ようこそおいでくださりました」

大湊にてオレたちを出迎えたのは、湊屋彦四郎さん。ウチの商品も扱っている人だ。歴史に名前がないものの大湊の会合衆のひとりで、そこまであくどい商いをしてもいない。

「わざわざ出迎えありがとうございます」

「いえ、滞在のお世話から船の荷降ろしまで、すべてはお任せを」

何度か面識もあるし、荷物をちょろまかしたりする人でもないと思う。いろいろ船に積める荷物は積んできたからね。ガレオン船だと接岸出来ないので、荷降ろしには時間が必要だ。

その間は湊屋さんの屋敷に泊まらせてもらうことになった。

オレたちは下手な旅籠なんかに泊まれないいんだよね、立場上。人数も人数だし襲われたりする可能性もゼロじゃない。

「さすがは大湊だな。凄い賑わいだ」

「いえいえ、織田様のおかげでございます。明や南蛮の品が堺よりも手に入るおかげの賑わいでございまして」

大湊の町はやはり津島とは規模がまったく違うね。船の数も港の蔵の数もすべてが違う。

信長さんを筆頭に連れてきたみんなは、田舎から上京したおのぼりさんみたいに圧倒されている。

当然ながら南蛮船とオレたちも目立っていて、注目を集めている。この時代の日ノ本の船より圧倒的に大きく、さらに黒いからね。

大湊といえども南蛮船は初めてだろう。南蛮船、この時代では明の南方から来る船はみんな南蛮船と呼ぶが、ガレオン船などの西洋の船は未だ堺にも来てはいないと思う。

他には一緒に同行したエルたちも目立っている。外国人の女性はやはり初めてなのだろう。今回はエルとジュリアとケティに、セレスとシンディが同行した。

本当はみんな来たかったみたいなんだけどね。さすがにこれ以上人数が多くなるのはね。

「これほど大きい湊だとはな」

「蟹江も負けないくらい大きくしますよ。先を考えると大きくて困ることはないですから」

湊屋さんの屋敷で休息して、この後の予定を話し合う。

港や町の散策くらいは許されるはずだ。あとは宇治と山田にも伊勢神宮を詣でた後に行ってみたい。

他にも大湊や宇治・山田の商人が訪ねてきそうだから、彼らの相手もしなくてはならない。

名目はお伊勢参りだし、信長さんの立場は信秀さんの代理になるんだよね。

本当はお忍びで遊びに来たほうが気楽で良かったんだけど。現在の織田の状況と信長さんやオレたちの立場から考えると、お忍びは不要な問題を招きかねない。

下手するとあちこちに迷惑を掛けたり疑念を与えかねないので、大人しくお伊勢参りにしたんだ。

どっかの御隠居みたいに印籠出して解決するならいいんだけど、現実はそう甘くはないらしい。あれだってたまに印籠の後に斬りかかってくるし。

side：大湊の会合衆

「南蛮船二隻で来るとはな」

「陸路より速く守りやすいのであろう」

「こちらへの威嚇もあるのでは？」

「ないと言えば嘘になるだろうが、本筋ではあるまい」

目的は神宮への参拝。嘘偽りはあるまい。一向宗への牽制も兼ねてはいてもな。

織田は、数年前に外宮仮殿の費用を出しておる。それに織田はもともと神職だと聞く。今の勢いが続くように打てる手はすべて打って当然であろう。

「愚か者どもが余計なことを企まんように、気を付けなくてはな」

まあ織田の思惑はいい。尾張の湊は大湊と共に繁栄出来るものだ。むしろ商機になるやもしれぬ。堺や畿内の奴らはわしらを鄙者呼ばわりするからな。それが今ではその鄙者の地のほうが新しき品物が手に入る。

わざわざ大湊にまで足を運びにくる堺の商人もおるのだ。胸がスッとするというもの。

とはいえ大湊も一枚岩ではない。先日の戦で大損して夜逃げした者もおる。儲かっている者もおれば恨む者もおる。まさかとは思うが、織田の一行につまらぬ手出しを企まぬとも限らん。

「砂糖と金色酒はいいですな。あればあるほど売れる」

「硝石と違うて、いくら売っても織田に害はない。織田も砂糖と金色酒は進んで売っておるからな」

我らは商人なのだ。武の力ではなく商いで物事を見る。武家は領地と城を中心に物事を見るのだが、織田は商いで物事を見るようになった。

商いの利を求める武家はおる。されど自ら商いをして利を増やす武家は織田だけかもしれぬ。

「織田はまだまだ大きゅうなるであろうな。近隣に脅かす者がおらぬ」

「北畠に六角と今川がおるではないか。美濃は駄目かもしれぬが」

「六角は確かに織田に勝るが畿内の争いで忙しい。それに海が欲しいのは明らか。北伊勢に手を出さねば動かぬよ。北畠は悪くはないが長野ですら勝てぬではないか。今川は一番脅かす恐れはあるが、北条や武田に囲まれてあまり身動き出来ぬ。それに、織田が荷留をすれば困るのは今川だ」

そう。今のところ織田を脅かす者は周囲におらぬ。

六角には手を出さぬであろうし、織田には三河と美濃を攻める口実がある。少し前までは互角か今川が上に思えたが、今では立場が逆転しておる。

戦の勝敗はともかく荷留をされれば今川とて厳しかろう。織田の荷留に従わねば商いを止められるばかりか、水軍に船を奪われる。

織田が他では扱えぬ荷を扱う以上は、敵対する者に堂々と売ることは難しい。考えれば考えるほど恐ろしい。

領地や銭よりも遥かに影響を及ぼす力がある。大湊の中にも織田が関東と商いを始めたことで商機が広がった者もおる。

「我らは織田に逆らえぬか」

「逆らえば桑名の二の舞いだからな」

大湊は神宮の湊にして北畠に従うところだ。さすがに露骨に要求はせぬであろうが、たかを括った桑名の現状は悲惨そのものだからな。

しかも、織田はここのところ戦でも負け知らず。

こちらも織田との取り引きで儲かる以上は、敵に回すのは避けるしかない。

「やれやれ。とにかく無事に帰すしかありませんな」

「分かっておる。護衛の兵も集めたしな」

織田一行はただの名代ではない。弾正忠の嫡男と久遠家の当主だ。弾正忠と同等の扱いをせねばならん。

大湊や宇治山田を見て歩きたいと言うておるらしいが、そのくらいならば認めねばならんな。

side：久遠一馬

大湊に到着して休憩した後は、大湊の会合衆の商人との面会などが行われた。

大したことは話していないんだけどね。先日の戦の件もあるから挨拶に出向いてきたんだろう。観光したいから後でとも言えないしね。

まあ主に相手をするのは信長さんだから、オレは横で控えているだけなんだけど。実際、信長さんはこういう仕事も意外と慣れている。

普段はあんまりやらないけど、そういう教育を受けてきたからだろうね。

「これは……醤油か？」

「ですね。畿内ならばあるとは聞きましたが、さすがに伊勢の商人ですね」

結局、この日は観光が出来ずに夕食となるが、メニューは魚介中心だ。ただ、信長さんと共に驚いたのは醤油に似たものが使われていることか。

醤油の歴史って、微妙にはっきりしないんだよね。この時代の製造法が秘伝だったこともあって後世には伝わっていない。

とはいえ醤という醤油のご先祖様はもっと古い時代からあるし、たまり醤油らしきものはこの時代にもある。名前とか味は、地方によって違うらしいけどね。

まだ時代的にそんなに普及はしていないはずなのに大湊にあるのは、彼らの力の大きさを示しているのだろう。

連れてきたみんなには信長さんから小遣いを与えて、遊びに行かせた。無論、問題を起こさないようにとキツく言ったけど。

護衛としてそれなりの人数が残ったけど、全体的に若い衆が多いからね。ちょっとは遊ばせてやりたいという信長さんなりの気遣いになる。

歴史をよく知らないと史実の織田信長は厳しく苛烈な独裁者に感じるけど、意外に家臣に気遣いを見せたりする逸話はあるんだよね。

ただ、オレと信長さんはやっぱり自由に遊びには行けない。

出歩くとなると尾張から連れてきた護衛ばかりか、大湊の用意した案内役兼護衛も付く。

まあ当然だよね。なにかあれば困るのは大湊の人たちだし。元の世界の日本だって国賓のＶＩＰがひとりでふらふらと遊びに出歩くのは無理だし。

「芸子でも呼びましょうか？」

「いや、いい。つまらぬ弱みを見せたくないからな」

信長さんに気を使ってか、エルは芸子さんを呼ぼうかと提案したがやはり断ったね。

まだ十代だし遊んでも問題ないんだけど。

「じゃあ、みんなでカードでもします？」

「なんだ。それは？」

「この絵札で遊ぶ南蛮の遊びですよ。遊び方はウチの独自のものですけど」

ここはひとつ新しいものを信長さんに披露しよう。なんとなく暇になるかなと思って、試作品のトランプ持ってきたんだよね。

絵はメルティに描いてもらって、エースからキングまでを動物の絵にした。ちなみにエースは鷹でジャックは馬、クイーンは象でキングは虎。ジョーカーは鯨だ。

本当はジャックからキングを武将にしたものにしようかと思ったけど、売るなら動物のほうがいいかなと思ってね。

とりあえずババ抜きなら、みんなすぐに出来るよね。

「うげっ！　また鯨が来た！」

「それ言ったら駄目ですって」

信長さんもオレたちも勝三郎さんたちも、みんなで輪になりトランプで遊ぶ。

シンプルだけどこの時代にはなく、みんな楽しんでくれているみたい。

なんか修学旅行の夜みたいになったな。

side：滝川慶次郎

数人の者らと少し酒を飲んだが、他の者は期待外れだったようで不満げだ。尾張者は知らんのだ。今の尾張がいかに恵まれておるかということをな。

オレもさほど広い世を知るわけではないがね。見知らぬ土地に行って、それなりの美味い酒と飯を食おうとすると銭がかかる。

余所者など騙されても文句など言えんのだ。

結局、他の者は早々に帰ってしまい、オレはひとり夜の町を歩く。酒を飲んでいた遊女屋で、探ったついでに聞いたことが気になってね。

目の前では闇夜の町に潜む数人の男らが、職人だろうふたりの男に狙いを付けて取り囲む。

「なんの用だ！」

職人は壮年の者と若い弟子だろう。若い弟子は男らから壮年の者を守るように前に出た。

「手持ちの銭を置いていってもらおうか」

やはり盗人か。いずこから聞いたのか知らぬが、この職人が銭を持っておるので頂こうと酒を飲みながら話していたのだ。

斬り捨てるわけにいかんな。御家に迷惑が掛かる。

「あっ⁉　誰だ！」

手を出す義理はない。とはいえ見てしまった以上、助けても構わんだろう。所詮は闇討ちする程度の賊だ。追い払うのは容易いな。

「危ないところをありがとうございます」

刀を抜くまでもなかった。ふたりほど叩きのめすと賊どもは逃げていった。

「気にしなくていい。気まぐれだ」

「名を……」

「そんなことはいいから早く帰れ。次は助けてやらんぞ」

壮年の職人に恐縮された様子で礼を言われるが、騒動になるのはまずい。気にするなと言って早々に去ることにするか。

大湊の知りたいこともある程度知れたことだしな。

side：湊屋彦四郎

近くで見ると噂以上に大きい船だ。それに南蛮船にはあるという大砲の数も……。南蛮人からあれを買おうとすれば、いかほどの値をつけられるのであろうか？　考えたくもないな。

船が大きいと一度に運べる荷が多い。此度は特に品薄の砂糖や金色酒を大量に持ってきたとか。

「凄まじいですな」

「あれはすべて神宮への供物で？」

「いや、大湊にも残すらしい。織田様から此度の神宮お詣りの世話を頼んだ返礼として頂けるそうだ」

　あまりの荷の多さに湊の者らも驚いておるが、その使い道を教えるとさらに驚いておる。

「売るのではないのか？　あれだけで莫大な利になるぞ」

「まことだ。聞いた時はわしも慌てたくらいだ」

　金色酒は西に持っていけば言い値で売れる。あの大きな船に乗るだけの品物があれば、いかほどの利になるのやら。

　それを与えるとは。武家が商人にそこまでするなど聞いたことがない。

「先の戦では随分と苦労したからな。織田様に謝罪をした者らは皆、喜んでおる」

「そうだろうな。桑名を見れば……」

　わしのような織田様に近い者らはなりふり構わずに織田様に頭を下げて、織田家中にも戦勝祝いなど贈った。特に織田一族と久遠家中には満遍なく贈ったのだ。

　大湊の中にはそんな織田様に近い我らに不満を口にする者も少なくなかった。もともと大湊の商人に非があるとまでは言い切れぬこと。商人は敵も味方もなく商いをするのが当然だからな。

　まして織田様は尾張の武士で我らは南伊勢の商人。北畠様には配慮をしても、織田様に配慮せねばならぬ理由はない。

　織田様に近い会合衆であるわしが真っ先に謝罪したことに対して、今後のためにならぬと騒いだ者も多かったのだ。

とはいえ、そんな声が鳴りを潜めたのは、桑名が織田様から絶縁されたことが理由だ。

誰もが謝罪と適当な矢銭で収めると思うておったが、織田様は桑名をあっさりと切った。

蝦夷から南蛮までさまざまな荷を運んでくる久遠様が従う織田様に睨まれると、尾張どころか伊勢でさえ商いが出来なくなることを考えておらなかったのだろう。

同じ商人ならば、そこまで露骨にせぬのであろうが……。

「それに、あそこは場所も悪い。一向衆は武家にはあまり好かれておらぬからな。織田様も表向きは気を使うておるが、歓迎まではしておるまいて」

「加賀の件か」

「奴らが気付いておるか分からぬが、あれは悪手だ。他の坊主は国の乗っ取りまではしておらぬからな」

坊主の腐敗など珍しくもないが、確かに一向衆は越えてはならぬ一線を越えたのやもしれぬ。

「ということは、やはり桑名は駄目か？」

「さて、願証寺は織田様に従順だからな。長島と桑名の反織田を駆逐すれば商いの再開もあるやもしれぬが。その前に東海道の沿道の者が騒ぐ恐れもある」

織田様は未だに桑名を無視しておられる。美濃経由の東山道と海路での商いに切り替えたからな。

懸念は桑名のとばっちりで通行税が減った東海道沿道の者らか。

六角本家は騒ぐまいが、沿道の国人衆からすると寝耳に水の話。

「騒動は容易く収まらぬか」

「我らにはあまり関わりのないことだ。織田様が栄えれば途中で大湊に寄る船は増える。悪いことではない」

まるですべてが織田様の策であるかのようだな。寒気がする。

side：久遠一馬

凄いな。元の世界の港とは違うけど、規模も活気も津島とは桁違いだ。元の世界だと港はクレーンとコンテナだからね。活気という面ではこの時代のほうがあるのかもしれない。

「大湊にも不届き者はおるか」

「どこにでもいますよ。津島とか熱田にもいます。ウチの船も荷降ろしに携わった者は、帰す前に褌の中まで調べて、艀に使った小舟もすべて検めますし」

大湊滞在二日目。大湊の視察にと港に来たら、人足が船の積み荷を盗んだ罪で捕まったところに出くわした。

正直預けた荷物が消えるなんて、元の世界でも海外の空港に行けばあると言うしね。この時代だと荷抜きなんかは平然としているんだろう。

為政者や立場のある上の人は止めるように言うんだろうが、こういう力仕事の現場って荒っぽい人が多いしね。ヤクザみたいな連中も中にはいる。

対策はきちんと見張り検査して、荷物に手をつけた者はもちろんのこと、その者を仕切る者は使わないこと。

津島でも最初の頃にその対策で一騒動あったけど。

いつの時代もこういうゴロツキには束ねる輩がいるし、彼らは意外に力を持っているからね。


「やっぱり蔵はいくらあってもいいね」

「蟹江には蔵の十分な敷地を確保しています」

エルと一緒に港を見て蟹江のことを話す。大湊は純粋に羨ましい。尾張にこんな港があれば商いがどれだけ捗るやら。蔵の数も桟橋も多いしね。

食べ物だけじゃない。商品の保管場所にもこの時代だと蔵が一番だ。すぐに売るなら倉庫程度でもいいけど、元の世界と違い流通網が未熟だから、在庫を保管する蔵が数多く必要だ。

「あっ、てめえは昨日の！」

「誰だ？」

「てめえが昨日殴ったの忘れたとは言わせねえぞ！」

「ああ、夜道で職人から銭を巻き上げようとしておった盗人か」

そのまま港の視察をしていたが、オレたちの周りでふらふらとしていた慶次がいつの間にかゴロツキ風の男に絡まれていた。

主人公補正でもあるんだろうか？　普通そう揉め事って遭わないよね。

「すぐに人を集めてぶっ殺してやる！」

「ほう。そいつは面白そうだ」

問題を起こすなって言ったのに。でも人助けなら仕方ない、責められないよな。仮に自分から面白半分に首を突っ込んだのだとしても。

信長さんはニヤニヤしながら静観しているけど、顔色が真っ青になったのは案内役の商人だった。

「捕らえろ！」

どう考えてもゴロツキが悪いよね。人を集めてぶっ殺すとかいう時点で。大湊のほうで用意した兵たちがゴロツキを捕まえてしまった。

「てめえらなんのつもりだ！」

「黙れ！　大湊の恥さらしが！　よりにもよって織田様の家中の方に！」

「おっ、織田⁉」

「ああ、その者は数人で銭を巻き上げようと職人を襲っていた。残りの者も捕まえたほうがいいぞ」

ゴロツキも運がないね。二度と会うことはないだろう。

というか慶次のやつ、飲み屋で情報収集でもしながら、面白そうなことを見つけて首を突っ込んだんだな。

滝川一族でもやっぱり慶次って優秀なんだよね。しかも、この件が織田家とウチにマイナスにならないことも理解してやっている確信犯だ。

最近はオレたちの考え方まで学んだらしく、さらに要領が良くなっているし。

「申し訳ありませぬ。この件は改めて謝罪を……」

「よい。こちらに害はなかったのだ。あの手の男などいずこにでもおる。慶次もここは織田の治める地ではない。気を付けよ」

「はっ、申し訳ありませぬ」

世話役の商人さんたちは信長さんに深々と頭を下げて謝罪したけど、誰も怪我していないし慶次は刀すら抜いてないようだから問題にならないだろう。

とはいえ大湊の側とすれば失態は失態か。

信長さんは一切問題がないと言いつつ、形ばかりだが慶次にも注意をした。これでこの問題は終わりだということだ。


「ここですな」

港から町の視察に移ると、オレたちは大湊の商家を見たいからと会合衆にリクエストして、慶次が町で聞いてきた評判のいい商人の店に来ていた。

ちゃんと情報収集もしていた辺りはさすがだね。大湊の商人たちも驚いている。

「手前は丸屋善右衛門でございまする」

「こちらは織田三郎様。私は久遠一馬です。実は丸屋殿の扱う品を拝見したく参りました」

商人の視察に信長さんは嫌がりもせずに一緒に付いてきた。そういえば津島でもよく商人のもとに行き、あれこれと質問したりしていたって、大橋さんが言っていたっけ？

丸屋さんは雑穀を主に扱う問屋だ。扱う商品の値段と質を見ればいろいろ分かることがある。情報なら超小型偵察機や忍び衆でも十分なんだけどね。こうして現地に足を運んだ以上は、実際に商品の現物や商人の人となりを見るのは、オレや信長さんの勉強になるだろう。

「なかなかいい品ですね」

会合衆の根回しもあってか、蔵を見せてくれた。

麦俵の詰まった蔵から無作為にサンプルの麦を取ると見せてくれたが、エルが思わず笑顔になるくらいに品物の質がいい。

「あっちこっちから買っているのでしょう？　混ぜ物がしてあったりするのでは？」

「はい。そういうのは選別しております。あまりやらぬのですが、私のこだわりでして……」

この時代だと不良なものや、下手すると小石なんかでカサ増しする馬鹿が平然といる。

あまりに質がいい麦に驚き、訳を聞いたけど、まさか自分で選別しているとは。

「値が少し高いが手間賃か？」

「さようでございます」

「若様。手間賃にしては安いです。選別は手間ですから」

信長さんは麦の相場との値が違うことから、その価値を考えていたようだが、安心出来る商品を買える手間賃にしては安いだろう。ただし小規模の商人だから出来ることだと思うが。

「丸屋殿。この麦。織田に売っていただけませんか？」

「いかほど入り用でございましょう」

「売っていただける分はすべて買い取ります」

「……まことでございますか？」

「ああ、おまけでウチの商品も売りますよ。金色酒や砂糖なんかどうです？」

この商人は当たりだ。さっそく交渉して商いをしよう。

会合衆の商人たちはビックリして固まっている。でもこんな商人は貴重だ。

正直、丸屋さんはそんなに大きな商人ではない。大湊でもあまり目立たない商人なんだろう。

質のいい割高な商品を売ることで、評判はいいみたいだけどね。取り扱い量はそこまで多くないし、多くも出来ないのかもしれない。

「是非、よろしくお願い致します」

「他にも質のいい商品があれば、津島か熱田のウチの屋敷に持ってきてください。丸屋さんがいいと思う品なら必ず買い取りますから」

尾張の商人も頑張っているけどね。麦や蕎麦なんかの買い付けは、扱う量の違いもあり大湊のほうが良さそうだ。

信長さんと話して、丸屋さんにはオレと信長さんの署名の入った書状を残して帰ることにした。

買い付けは織田家名義だけど、受け取りと支払いはウチでやる。蟹江の普請もあるから、食糧は買い付けを増やしたかったんだよね。

いい商売が出来た。慶次には尾張に戻ったら褒美をやろう。

「思っていたより、良い商いが出来ましたね」

その後も大湊の視察をしてこの日は終えた。

中小の商人の店で、あれこれと買い付け出来たし有意義な時間だった。

「あの丸屋という商人。引き抜く気か？」

「可能ならば。ウチに欲しいですね。駄目でも蟹江に店を出す誘いはかけてみます」

「確かに津島や熱田以外の商人も必要か」

それと今回の旅では、会合衆以外にもまっとうな商人たちと友好を深めたいと考えていた。信長さんにはすぐに見抜かれたけど。

理由は信長さんも口にした、津島や熱田以外の商人が欲しいこと。別に津島と熱田に不満があるわけじゃないけどね。とはいえ久遠家のお抱え商人を、一定数は作れるようにしておきたい。フランチャイズみたいなイメージかな。

既得権益を持つ勢力とのしがらみの少ない、中小の商人が理想なんだよね。

「昨日は危ないところを助けていただいて、本当にありがとうございました」

湊屋さんの屋敷で今日の成果について話しをしていると、意外な人物が訪ねてきた。昨日の夜中に慶次が助けた職人らしい。

「よう。じいさん。わざわざ来なくても良かったのに」

「いえ。あの時は弟子の給金など持っておりました。あれが盗られていたら大変なことになっておりました」

「気にしなくてもいいんだが」

どうもこの職人さん。善三さんというらしいが、船大工の棟梁なんだって。

大湊は造船も盛んだからね。今日も少し見学したけど。

気まぐれで騒動に首を突っ込んだ慶次はちょっと困っているみたいだ。相手があまりに真剣にお礼に来たからね。

「善三殿。船造りの経験はどれほど長いので？」

「もう四十年になりますな。そろそろ隠居しようと考え、最後の仕事の代金を昨日持っておったのでございます」

「隠居ですか。では船造りは止めると？」

「はい。そろそろ力仕事は体に厳しいのでございます」

「善三殿。尾張に来ませんか？」

慶次が困っているみたいだし、少し興味があったんで話しをしてみたけど。まさかのチャンス。

実は船大工さんも欲しかったんだよね。

「久遠様と言えば南蛮船をお持ちだとか。南蛮船を造らせてもらえるので？」

「南蛮船を造れるなら来てくれますか？」

「それはもう！　弟子も連れてすぐに参ります！」

「当面は南蛮船そのものではなく、南蛮船の技を用いた船を造るつもりですが。いかがです？」

「是非お願い致します!!」

あれ？　あまりにあっさり釣れた。そんなに南蛮船を造りたいのかな。善三さん。瞳を輝かせているよ。

「南蛮船の技は外に出せません。ウチに仕官してもらうことになりますが構いませんか？」

「もちろん構いませぬ！」

「では、善三殿を武士として召し抱えます。一緒に尾張に来る者もすべてウチで面倒見ますから。弟子一門に家族や親戚。善三殿が連れていきたい人は遠慮なく連れてきてください」

「ははっ!!」

まさか船大工を獲得出来るとは。

佐治さんも和洋折衷船を造るみたいだし、善三さんにも和洋折衷船から造ってもらうか。ゆくゆくは南蛮船も尾張で造る必要もあるだろうし。職人はいくら多くても構わない。

慶次は本当に福の神みたいだ。おかげでスカウトが捗ったね。

side：シンディ

暇ですわね。せっかく大湊まで来たのに散歩も自由に行けないなんて。司令と若様は訪問客もいるのでそれなりに忙しいようですが、女の私には特に予定もありません。

無論、そんなことは初めから分かっていたこと。こちらも考えて来ていますが。

「なに作るの？」

「あら、ケティ。お団子でも作ろうかと。午後にみんなでお茶にしようと思いまして」

滞在する湊屋殿の屋敷の台所を借りて、お菓子を作ろうとしていると、ケティが姿を見せました。無表情に見えて明らかに嬉しそうにしていますわね。ケティも暇をしていたのでしょう。

材料は船で積んできました。ケティも手伝ってくれるというので、侍女たちと一緒にお団子を作りましょう。

湊屋殿の家の者が物珍しそうに見ていますわね。ケティは日本人と変わらぬ容姿なので珍しくはないのでしょうが、私の容姿には驚いている様子。

私の身分や立場、また作るもの。興味を引かれるものがいろいろとあるのでしょうね。

「紅茶か。持ってきておったのか」

「ええ、これは当家でしかまだない代物ですので」

お団子が出来ると、若様と皆と午後のお茶にします。こちらでは一日二食の習慣なので朝晩は食事を出していただけますが、お昼はなにも求めないと出てきません。

若様もちょうど小腹が空いていたのでしょう。紅茶と一緒に出したお団子を美味しそうに頬張りました。

甘さ控えめにしていますが、砂糖も使ったお団子ですわ。軽く焼いていますので、焼き目が香ばしく、甘く煮た小豆をかけています。

和菓子に紅茶というのも合うものですわ。この時代では贅沢品になってしまいますが、いつか皆が食べられるようにしたいものです。

side：久遠一馬

滞在四日目。やっと伊勢神宮への奉納品や供物を船から降ろし終えたので、いよいよ伊勢神宮へ出発だ。

まあ大湊に配る荷物はまだ降ろしている最中だけど、そこは大湊に残ってもらう一益さんに任せた。船もあるし、最低限の人は大湊に残すんだ。大湊の商人がよほど馬鹿なことをしない限りは問題ないだろう。

最悪の場合は、船で逃げろと言っておいたけど。逃げないだろうなぁ。一応、船を乗っ取られそうな場合は、沖合で待機するようには命じたけど。

連れてきた人員のうち五十人は船の護衛に残すので、同行する護衛は百五十人。プラス大湊の会合衆が案内役として付けてくれた五十人の計二百人。これに荷運びの馬借と馬。そこにオレたちを入れた大行列だ、文字通りの大名行列だね。

馬とかは、すべて大湊の会合衆からの借り物だ。もちろん借り賃はちゃんと払う。

大湊から伊勢神宮は近い。荷物を運びながらゆっくり進んでも半日で着くそうだ。

江戸時代にはお伊勢参りが流行ったというけど、この時代でも旅をしている僧侶や職人に商人などがお詣りに来ることはあるみたいで、流行とまでは言えないが、それなりの人とすれ違う。

「ええい！　退け！」

「なにをしておる？」

「はっ。申し訳ありませぬ。身重の女が道を塞いでおりまして……。神宮の面前で穢れに触れるのもと思い……」

「己は神宮の面前で身重の女を見捨てる気か？　……ケティ。診てやるがよい」

ポックポックと馬の歩く音を聞きながら、少し眠気が込み上げてきた頃、ちょっとした騒動が起きた。

どうも案内役の人たちが、道を塞いで倒れていた妊婦さんに退けと言ったみたいだ。

そのあまりに乱暴な言葉に信長さんは不快そうな表情を顕としてしまい、案内役の人たちは顔を真っ青にして震えている。

でもまあ信長さんも言い過ぎないように言葉を飲み込み、ケティに治療を命じた。大人になったね。信長さんも。

「ここじゃ駄目。近くの民家に運ばせてほしい」

「はっ。すぐ近くに村があります。そちらに参りましょう」

妊婦さんの容態はあまり良くないらしい。ケティは案内役の人たちに処置するための場所への移動を頼むと、会合衆から付けられた案内役のトップの人が即決した。

信長さんは相変わらず不機嫌そうだからね。御伺いを立てる前に決断したんだろう。

「神宮には遅れると使いを出しました」

「お手数おかけします」

近くの民家に妊婦さんを運ぶと、驚く村の人たちに事情を話して、さっそくケティとエルたちに侍女の皆さんが妊婦さんの治療を始めた。

伊勢神宮にも事前に行くと連絡していたからね。遅れると連絡してでも治療を優先する。荷は先に運んで、荷運びの人たちは仕事を済ませてもらう。オレたちは目録を参拝時に渡すだけだし。

普通はここまでやらないんだろうな。案内役の人たちは驚いている。

「このまま出産しなくてはなりません。いかがなさいますか？」

「構わん。急ぐ旅でもないのだ」

しばらくするとエルが民家から出てきて報告をするが、信長さんも付き合うつもりらしい。

信長さんは先程、村の人に妊婦さんの家族を呼びに行かせた。どうも近くの村の妊婦さんみたいで、この村の人たちも顔見知りらしい。

「この度はまことに申し訳ありません」

「よい。気にするな。すべては神宮の大御神の導きであろう」

妊婦さんの家族は息も絶え絶えで、慌てて来たかと思うと、即、土下座をした。

天気もいいし、ちょっとした日向ぼっこみたいにのんびりしていたオレと信長さんは、そんな家族を見て思わず笑ってしまった。

途中、村の人たちが出してくれた心尽くしの握り飯を食べて待っていたけど、かなり気を使わせちゃったみたいだね。大湊に人をやり村へのお礼を用意しないと。

side：ケティ

旅は楽しい。知らない土地に行って、見たことのない景色を見る。それがこんなに楽しいと思わなかった。乗馬もこの世界に来て初めてしたけど、結構いいものだ。

そんな旅路でトラブルが起きた。

私たちの前で妊婦さんが倒れていたのだ。驚くことではない。急病人はどこにでもいるもの。驚くべきは助けるようにと指示を出した若様にある。

他国に行き、見知らぬ人を助ける。この時代ではあまりあることではない。若様は私たちと一緒にいるせいか、私たちの価値観を学んでいることが影響をしていると思う。

すぐに診察をしたけど、あまりいい状態ではない。この時代のお産では難しい。

「ケティ」

「大丈夫。助ける」

近くの村に運び、一番大きな家の部屋を借りてのお産となる。エルも侍女のみんなも助けたいという思いは一緒だ。

お腹に手を当てると、赤ちゃんが生きようとしているのを感じる。でも、このままではまずい。

密かにナノマシンで治療をしつつ赤ちゃんが生まれてくるのを待つ。

任せて。あなたは私が必ず取り上げてあげるから。さあ、生まれておいで。

side：久遠一馬

「そのほうの妻は運がよい。ケティは日ノ本一の医師ぞ」

ケティの治療と出産は日が暮れても終わらなかった。難産なんだろう。オレたちはこの日は村に泊めてもらうことにした。

家族はとても心配そうだけど、武士の奥さんが治療をしてると聞いてどうしていいか分からずに困惑している。

意外に冷静なのは信長さんだ。こういうときは本当に人の器が試されるね。

「オギャア！　オギャア！　オギャア！」

そのまま時は過ぎて赤ちゃんの産声が聞こえたのは、翌朝の日の出が間近な頃だった。

「産まれました。元気な男の子です」

「そうか。ようやった」

すぐに侍女として同行していた千代女さんが知らせに来ると、起きていた信長さんやオレに加えて眠っていたみんなが起きて喜びの声を上げた。

子供は宝という感覚なのかな？　妊婦は穢れとかいう時代らしいが産まれるのは嬉しいんだろう。

「本当にありがとうございました。あまりに少なく申し訳ないのでございますが、私どもにはこれしか払えません」

「不要だ。神宮の大御神に感謝するがよい」

子供が産まれてホッとしたのも束の間、妊婦さんの旦那さんは改まってぼろぼろの布に包まれた鐚銭を信長さんに差し出そうとしたが、信長さんは断った。

結構、貧しそうだからね。

でも神様に感謝って本心なんだろうか。信長さんってどこまで神様を信じているか、分からない人なんだよね。

ただ家族の皆さんは、そんな信長さんの配慮に感激して泣いている。

助けたこと自体、そんなに大した理由はないと思うんだけどね。


その後は朝を迎えると妊婦さんも子供も元気らしく、産婆さんもいるのでオレたちは伊勢神宮に出発することにした。

村には一晩世話になった謝礼の銭とお祝いの金色酒を配り出発する。金色酒は船に積んできた予備の分だ。不慮の事態を想定してエルが積めるだけ積ませたらしい。

「旅はいろいろなことがあるな」

「ですね。あの赤子がいつか大人になり、礼に来るかもしれませんよ」

信長さんはよほど気に入ったのか、昨日の不機嫌などなかったかのようにご機嫌だ。

旅のトラブルを楽しんでいるようでもあるけど。

「それは楽しみだな」

それと信長さんはあの子供に、吉二という名を与えていた。吉は吉法師の吉なんだろうが……二はどっから取ったんだろ？

まあ家族の皆さんがありがたいことだって、喜んでいたからいいけどさ。

元気に育つといいね。

本当、いつかまた会いたいもんだ

side：伊勢商人

「丸屋？　そんな商人おったか？」

「雑穀を扱っておる奴だ。商いが下手な商人なんだがな。久遠様が気に入られたらしい」

「おいおい。いったいなにを贈ったんだ？」

「いや、それがなにも贈っておらぬようだ。丸屋はせいぜい土豪が相手の商人だからな。会合衆もまったく注目しておらなかったらしい」

久遠様はいったいなにを考えておるんだ？

会合衆以下有力な商人が、あれこれと高価な贈り物をしておったというのに。何故、そんな商人などに……

「掛け値もせぬし転売もせぬからな。貧しき者には評判が良かった奴だ。もしかしたら、そこを気に入られたのかもな」

よくそれで商いが成り立つな。貧しき者など相手にすれば店の格を疑われるだけだろうに。

「だがそんな奴に尾張との商いが出来るのか？」

「船は久遠様が用意するらしい。現に今も湊にある南蛮船に積む荷を任せたという話だ」

「信じられんな。大丈夫なのか？」

「会合衆が助力するらしい。出来ませぬと言えば大湊すべての今後の商いに障るからな」

丸屋がいかなる男か知らぬが、荷を集めるには相応の力と顔の広さが必要だ。あの巨大な南蛮船に積む荷となると、よほどの商人でなくば久遠様が戻られるまでには集められまい。

会合衆もあてが外れてがっかりしておるだろう。

「金色酒の転売が面白うなかったのか？」

「さあな。久遠様の心中は分からん。もしかすると、先の戦の一件を未だに気にしておるのかもしれぬ」

「我らは信用されておらぬと？」

「逆に、そなたが久遠様の立場だったら信じるのか？　互いに敵には回しとうないから商いはするが、先の一件にまったく関与しておらぬ、丸屋のような実直な商人を使いたい気持ちが分からんでもない」

確かに織田様と服部の戦において、一部の商人が服部に助力をしたからな。会合衆の中にも助力した者がおったことも騒ぎを大きくした。

まあ、信用はせぬだろうな。大湊の商人の中から誰と取り引きをしようが久遠様の勝手か。

伊勢参りの礼を景気よくばら撒いておっても、締めるところは締めておるということだな。

さすがに明や南蛮と商いをするお人は違うな。

side：丸屋善右衛門

「凄いじゃないか！」

「久遠様と直接取り引きを許された商人は、大湊にも幾人もおらんのだぞ！」

商人の変わり身の早さは呆れるほどだな。

先日までは、そなたは商いを知らない。そなたのやり方は商人ではない。とまで言っておった者らが、手のひらを返したように態度が変わった。

すべては大湊に来ておられる織田様一行が、突然わしの店にやって来られたことが原因だ。

商人でなくとも大湊において知らぬ者がおらん、久遠様と噂の南蛮の奥方まで来られた。

わしは大湊でも変わり者と言われる程度の商人でしかないのに。聞けば、これを機会に久遠様との直接取り引きを願う者は会合衆にすら多いと聞く。

大湊の商人は、大半が尾張の商人を介して取り引きをしておるようだからな。

それがふらりとわしの店に来られて、直接取り引きをあっさりと決められた。その事実がよほど驚きだったのだろう。

「おい、ウチにも金色酒を卸してくれよ！」

「ウチのものを売ってくれ！」

面倒なのはあれからろくに親しくもない商人らが、当たり前のようにわしのところに来ることか。

「商いは現物を見てからだ。それと掛け値をする者や高値で転売する者には売らん」

「おいおい、それじゃ儲けられねえぞ！」

「ウチにこの商いが久遠様より来たということは、そういうことだ」

昔から気に入らなかった。相手を見て掛け値をするのも、高値で転売して暴利を得るのも。騙して当然。騙されるほうが悪い。商人同士の取り引きにおいても。そんな商いが当たり前で誉められることが気に入らなかった。

わしの父は商人仲間に騙され損をさせられて、苦労の末に早死にしたんだ。だからわしはせめて人を騙さずに公明に商いがしたいだけのこと。

久遠様は帰りがけに言われた。今のまま商いをしてほしいと。わしはようやく認められたのかもしれん。

「帰ってくれ。わしは久遠様の船に積む織田様の荷の選別で忙しいんだ」

それとわしはもうひとつ頼まれておる。織田様一行が乗って来られた南蛮の船に積んで帰る荷を集めて、ある程度でいいから選別してほしいと頼まれたのだ。

久遠様が相手ならば、高値で売ろうと欲を出しておるたわけ者も多いのだろう。

わしの店の在庫だけでは到底足りぬな。会合衆にも声を掛けねばならん。神宮から戻られる前に目処をつけねば。

side：久遠一馬

一日遅れで伊勢神宮に到着した。それにしてもこの時代の神社って、本当に敷地が広いね。

ただ、結構寂れていると言えば失礼になるのか？

伊勢神宮で有名なのは二十年に一度の式年遷宮だろう。元の世界でもテレビでやっていたから、なんとなくならオレも知っている。

天照大御神を祀る内宮と豊受大御神を祀る外宮が有名だが、その他にも多くの神を祀る社があるはずなんだけど。

確か百年ほど前の応仁の乱のせいで、式年遷宮は中途半端のまま途絶えているんだよね。

信秀さんがお金を出したのは外宮の仮殿、つまり本来の遷宮ではなく仮の社の費用になるわけだ。

その外宮は史実だと一五六三年。あと十六年後にようやく遷宮出来るはずだとエルは言っていたね。

内宮と外宮にその他の社殿の遷宮を正式に復活させたのは、史実の織田信長になる。もっとも史実の織田信長本人はそれを見ることなく、本能寺で亡くなったけど。この世界では、信長さんどころか、信秀さんが見られそうだ。

「ようこそおいでくださりました」

伊勢神宮ではわざわざ出迎えの人が待っていた。

それにしても建物の修繕費にすら困っているというのは事実だったのか。史実では社殿の中には維持出来なくて廃絶されて、江戸時代に復興再建したものがあるとエルが言っていたし、ある程度想像はしていたけど。

「南蛮の方は初めてでございますな」

「駄目か？」

「いえ、特にそのような決まり事はございませぬ」

案内役の神職の人に連れられて境内を歩くが、やっぱりエルたちの姿にはビックリしている。

まあ南蛮人は駄目なんて規則は当然ないよね。想定していないいんだから。

「少し荒れておるところを見ると、苦労しておるようだな」

「織田弾正忠様のおかげをもちまして、外宮はなんとか仮殿を建てられました。ですが他はご覧の有り様で。皆も寄進を集めたりと励んでおるのでございますが」

伊勢神宮側の対応は丁寧だ。

ただ信長さんは、自分が思っていたより荒れていたのか、少し驚いているみたいだ。津島神社と熱田神社がウチの商いや寄付で最近は景気いいからね。

もちろん伊勢神宮も無策で待っているだけじゃない。勧進という寄付を集めるための営業も、あちこちに出向いて行なっている。

信秀さんがお金を出したのも、伊勢神宮の側から働きかけがあったからだともいうしね。

とはいえ、護国の伊勢神宮を運営するには、本来は国家の援助が要るんだけどな。

どっかの宗教の総本山みたいに、金貸しでボロ儲けしないだけ好感は持てるけど。

「些少ではございますが、お役に立ててください」

信秀さんが建てた外宮の仮殿と内宮をお詣りして、休息にと案内されたところでオレたちは伊勢神宮に寄進と奉納品と供物を納めた。

寄進は銭で三百貫。全部良銭だから価値はあるだろう。

奉納品と供物は、鏡や白粉など朝廷に献上したのと同じものに、金色酒・清酒・砂糖・蜂蜜・鮭・昆布・絹織物など種類も量も増やした。目録と三方に載せた見本品を神前に供えてもらう。

奉納品や供物は量が多いので一度では運びきれなかった。残りの分は大湊に頼んで、馬借に順次運んでもらっている。

「いえ。これほどの寄進を頂けるとは……」

寄進の銭は当然オレたちで持ってきたけど、驚いてくれたらしい。応対してくれたのはかなりの身分の宮司さんらしいが、金額にざわついた。名義はもちろん信秀さんだ。

寄進するなら驚くくらいじゃないとね。奉納品や供物の分はウチが負担したけど。

実際に伊勢神宮に寄進しても田畑が増えるわけでも城が建つわけでもないから、軽視している武家も多いんだと思う。

でも、天下に色気を見せる前の寄進は後々に影響するはずだ。いわゆる天下を治めるための人気取りと思われないで済む。

幕府はともかく朝廷を重視する姿勢は今から見せておかないと、将来、もし宗教を下準備もなしに敵に回したら大変なことになるからね。


伊勢神宮にお詣りをして一泊した。これちゃんと整備すれば史実の江戸時代みたいな観光地になるけど、この時代の治安だと旅は命懸けだからな。

政秀さんは畿内の石山本願寺は凄かったと言っていた。その資金を一部でいいから伊勢神宮に使えばいいのにと思ってしまう。

お伊勢参りが史実の江戸時代みたいなブームになるのは、治安の安定と整備や布教を含めて長い時間がかかりそう。

まあその前に伊勢を含めて、あちこちに勝手に作っている関所を廃止するのが先か。他にも道の整備とかやることは山ほどある。

「賑わっておるな」

伊勢神宮を後にしたオレたちは、宇治と山田の町に行くことになった。

このふたつの町。もともとは伊勢神宮の門前町になる。外宮の門前町の山田に、内宮の門前町の宇治だ。

共に公界というこの時代の自治都市ではあるが、事実上、北畠の領地のような扱いになっている。

やっていることは織田の津島や熱田と大差ない。別に伊勢神宮だけが清廉潔白なはずもなく、過去にはさまざまな問題があったみたいだしね。

北畠家はそれを利用して自らの勢力下に組み込んだらしい。

「大湊と宇治と山田。この三つの町の力は侮れませんね」

伊勢は潜在的な力のある土地だと思う。歴史もあるし東海道の要所でもある。

大湊・宇治・山田の三つの自治都市が力を合わせれば、尾張の大きな脅威となるだろう。まあ、合わせることが出来ればの話だけどね。多分無理だろう。協力することはあってもひとつにまとまるなんて出来ないのが自治都市の欠点だろう。

言い方は悪いが所詮は烏合の衆。自分たちの既得権と利益が優先だからね。

ただここに来てみると、尾張がまだまだ田舎であることを感じさせられる。

尾張はウチの商売でブーストしているだけで、商いという面では伊勢がかなり上だね。

ああ、赤福は時代的にまだないのか。残念。お伊勢参りといえば赤福なのに。

「あんまり珍しいものはないっすね」

「珍しいものがあればウチで尾張に持っていっていますよ」

全体的に言えば町は大きいし、いろいろ学ぶべきところはあるだろう。

反面で面白みのある観光地ではないし、珍しいものもないね。勝三郎さんとか慶次はちょっとつまらなそう。

テーマパークもショッピングモールもないこの時代で見るところは寺社くらいだし、オレたちも市や商家くらいしか見るところはないんだよね。

連れてきたみんなは信長さんの子飼いとウチの家臣だから、珍しいものとかはよく見ているからな。しかも伊勢は隣国でそんなに気候風土も変わらない。

景色以外は驚くほど見るものはないよね。

「こうして見ると尾張に必要なものが分かるな」

「若？」

「単純な話だ。オレたちが銭で買いたくなるような品物を増やして、見に行きたくなるような場所を作れば諸国から人が集まり銭も儲かる」

「おおっ！」

うん。信長さんたちの勉強になっているのはいいが、信長さんはすっかり物事を見る視点が武士じゃなくなっている。

史実でも楽市楽座をやったり安土城で入場料を取って見学させたらしいし、もともとそっちの理解はあったんだろうけどね。

元の世界では当たり前の知識として知ることだけど、それを独力で気付くのはやはり凄いね。

side：滝川資清

「絵でございますか」

「うむ。美濃の斎藤家と和睦がなった暁には贈りたいのだ」

「心得ました。では海などいかがでしょう」

清洲からの呼び出しがあったメルティ様の供で登城すると、城内の茶室に通された。

用件は絵の制作か。メルティ様の描かれた大殿の肖像画は、謁見の間に飾るほどお気に召しておられるからな。

「そうだな。美濃には海がない。それがいいかもしれん」

現在改築中の清洲城ゆえ少し騒がしいが、大殿はあまり気にされた様子もなく茶を点てておられる。

織田は順風満帆。されど課題も多い。領内の安定のためには時がかかる、やはり和睦が必要であろうな。

「北伊勢の国人衆が少し騒いでおるようだな」

「桑名の件でしょう。織田にはあまり影響はないと思います。念のため国境には少し人を配したほうがよろしいかとは思いますが」

出された菓子は砂糖が使われておるな。甘くて美味い。未だ高価な砂糖であるが、織田家と久遠家では当たり前のように日々の料理や菓子に使うておる。

「桑名で一騒動あるか？」

「難しいところです。願証寺が止めると思いますので」

「やはり止めるか」

「自らの金蔓を失いたくはないでしょう。織田と取り引きをしなくても桑名には相応の価値はありますので」

話題は桑名のことだ。織田からの荷が行かなくなった東海道や八風街道沿道の国人衆が、桑名と願証寺に対して不満を口にしておるとの知らせが舞い込んだ。

もともとそれほど多くの荷を桑名に売っておったわけではないが、桑名はそれを畿内に転売して暴利を得ておったからな。

沿道の国人衆もさぞや期待しておったのであろう。騒ぐのは構わぬが尾張を巻き込まないでほしいものだ。


「八屋に寄ってみましょうか」

「それはようございますな」

城からの帰り道。メルティ様は突如、小料理屋の八屋に寄ろうと言い出された。あそこはわしと共に甲賀から付いてきてくれた、八五郎とその妻がやっておる店だ。

八五郎はわしの父の代から仕えてくれておった男。達者でやっておるであろうか。

雑兵にまで素破と見下されながらも、僅かばかりの銭のために耐え忍んで素破働きをしておった日々。今でも忘れられぬ。

「あら、大繁盛ね」

「まことでございますな……」

八屋は清洲の町衆や旅人で大繁盛しておる。

近頃では同じ忍び衆の女衆を雇うほど繁盛しておると聞いておったが、まことに店に人が入りきらぬほど繁盛しておるわ。

「ふふふ。また今度にしましょうか」

店の奥では八五郎が笑みを見せながら、忙しく働く姿が見える。良かった。本当に良かったな。八五郎。

もう草の根や木の皮を食べなくていい。虫けらのごとく見下されることもないのだ。

「いけませんな。目にほこりが……」

気が付けば目にほこりが入ってしまった。わしだけではない。同じ甲賀から来た者は皆、目にほこりが入ってしまったようだ。

「今日はいい風が吹いているものね」

尾張の者は驚いておるが、メルティ様はまるで吹き抜ける風のせいだと言わんばかりに空を眺めておられる。

「さあ、帰ってお昼にしましょう」

「はっ！」

我らの命は久遠家のために。

この恩を子々孫々に至るまで伝えねばならぬ。

どれだけ時を重ねようと必ずや恩に報いねばならぬと。

side：久遠一馬

長い旅も残り僅かとなったこの日、湊屋さんの屋敷を借りて、オレたちは世話になった会合衆の皆さんを夕食に招待することにした。

無論ただのお礼だけではない。将来に向けた布石でもある。

食材は時期的に旬ではないが伊勢エビを主に使う。この季節は野菜もあるしね。食材には困らない。

「やはり丸屋殿には護衛を付ける必要がありますな」

「愚か者の考えることは同じか」

料理はエルたちに任せて休んでいると、少し姿が見えなかった慶次が現れて丸屋さんのことを口にした。どうもあまり状況が良くないらしい。

エルが丸屋さんのことを気にして、大湊にいる忍び衆や慶次に調べるように頼んでいたんだよね。どうやら信長さんも危ういのではと考えていたみたいだけど。

「そのための夕食の招待でもあるんだけど、足りないかな？」

「足りませんな。死人に口なし。丸屋殿ひとり亡くなったところで、織田と大湊の誼が破綻するとは考えますまい」

オレとしては会合衆との食事会で釘を刺せば、大丈夫かなと思っていたんだけど。甘いようだ。

本当、武士だけじゃないんだよね。農民から坊主や商人に至るまで武力もしくは暴力で解決するのが普通にある。

「お呼びでしょうか」

「料理のほうは大丈夫か？」

「はい」

「ならこちらの話に加われ。丸屋の扱いについて決めねばならん」

単純に護衛を付けるのでも構わないが、信長さんは思うところがあったのかエルを呼んだ。

今回はシンディも来ているし料理は大丈夫だろう。ケティもセレスもいる。ジュリアは普段はやらないが、それほど難しい料理でないならアンドロイドのみんなは普通に作れるしね。

「護衛は会合衆に出してもらうべきでしょう。無論こちらからも人は出しますが」

「会合衆にか？」

「ここは会合衆の縄張りです。私たちで勝手に護衛を置いて争いをするより会合衆にやらせるべきです。無論、見張りと最低限の護衛は置きますが」

エルは会合衆を巻き込む気か。

「己の縄張りの始末は己らでつけろということか」

「はい。その程度の利は与えているのです。駄目ならばこちらで守るか引き抜けばいいだけのこと。会合衆からすると大湊内の争いに武家を介入させたくはないでしょうから、引き受けると思います」

エルも強気に押すところは押すからな。ただ道理と言えば道理か。こちらが介入しない代わりになんとかしろと言うのは筋が通ると言えば通る。

丸屋さんには当面は大湊での代理店のような仕事をしてほしい。それに人柄とかしばらく見極めが必要だけど、問題がなければ将来的には蟹江港のウチの商いを任せてもいいかもしれない。

無論アンドロイドの誰かを置くと思うけど、商人も育てないと駄目だしね。将来的に織田領が広がれば任せられる人は必要不可欠になるのは明らかなんだよね。

「一筋縄でいかない町だからね。そのくらいでいいのかも」

大湊も一枚岩ではないし、さまざまな思惑や勢力の入り交じる町という印象だ。現時点であまり深入りしないほうが得策だろうね。

side：大湊の会合衆

「まさか織田様から宴の誘いがあるとはな」

「お互いに上手くやりたいのは、同じということでしょうな」

湊屋に滞在中の織田様から宴の誘いが来た。本来ならばこちらがもてなすものだが、織田様はあまり派手なもてなしは不要だとおっしゃったので簡素にしたのだが。

いかにも調子が狂うな。武力や官位で商人の上に立とうとする武家らしくないからか。こちらの手の内を見透かされておるようで困る。

「丸屋も来るのか？」

「さあ、そこは知らぬ。だが丸屋とはこれからは力を合わせていかねばならん」

ここ数日は丸屋が織田様の荷を任された件と、船大工の善三が久遠家に召し抱えられる話で持ちきりだった。

特に丸屋の件は我らも驚いたが駄目だとも言えぬ。実直過ぎて商いは上手くないが、困窮する者を助けるなど人柄はいい男だ。

織田様は民を大切にしておると聞くし、丸屋のような男が気に入られたのだろう。

ただ、懸念は丸屋が織田様と商いをするような規模の商人でないということだ。まあそこは我らが助けるしかあるまい。

少し融通が利かぬ男だが、別に利益を度外視しておるわけでもないようだしな。織田様の機嫌を損ねるよりは上手く付き合っていくべきであろう。

「そういえば隠居すると言っておった船大工の善三が尾張に行くとか」

「ああ、久遠殿に召し抱えられるらしい。さすがに止められん」

善三の件も正直言えば困るのだが、隠居して行くと言うのならば止められん。久遠様からは尾張でも南蛮船を修理出来る船大工を育てたいからと頼まれた。

あからさまな対価というわけではないが、今川様に売らないことを条件に硝石の商いの量を増やすことも同時に言われたからな。余計に嫌とは言えぬ。

硝石は値が上がる一方だ。しかも日ノ本では取れぬので明から仕入れるしかない。織田様が鉄砲を大量に使い始めてからというもの、各地の大名も注目しておるからな。

まあ船大工は他にもおる。それに上手くいけば南蛮船の技を将来手に入れられるかもしれんのだ。

今は織田様、久遠殿との誼を深めるしかあるまい。

side：久遠一馬

日が暮れる頃になると、会合衆やウチと取り引きのある商人が湊屋さんの屋敷に集まってきた。

大湊を訪れた武士が商人を招くことが珍しいのか、少し戸惑う者も見えるけど。

「こうして見ると食卓がないのが残念だな。膳も悪くないが食卓のほうがいい」

台所にて料理が盛り付けられた膳を見た信長さんは、テーブルがないのを残念がった。

ひとつの膳の中に料理を盛り付けた美しさもあるが、信長さんは派手好きなのでテーブルに華やかに並ぶ料理を好む傾向がある。

ウチでは大皿に盛った料理をみんなで食べることもあるからね。

最初の頃はもちろん信長さんには膳できちんと出していたけど、オレたちが普段は大皿の料理を取って食べたりしているのを見て気に入ったらしい。

「よう来てくれた。今宵は心ゆくまで飲んで食べて楽しまれよ」

信長さんの発案で、お膳は信長さんやオレに勝三郎さんたちで運ぶことにした。会合衆の面々は信長さんが自らお膳を運んで部屋に入ると驚き目を見開いている。

まあ織田は現状では北畠なんかと比べると家の格は下がる。もともと織田一族は守護代家であるので信長さんもそのクラスの見られ方をしていると思う。

とはいえ権威と武力を誇示したがる武家にしては、信長さんはやはり異端児なんだろうね。

「これは……」

「先日頂いた伊勢エビが大変美味しかったので、ウチで料理しました。口に合えばいいのですが」

メニューは伊勢エビの味噌汁と鬼殻焼きに、伊勢エビの刺身と伊勢エビの天ぷらなど。天ぷら以外はありふれた料理とも言えるが、調味料が違うのでひと味違うはずだ。

野菜はあるが、基本的に伊勢エビ尽くしにした。

伊勢エビを食べ慣れている大湊の商人にどう評価されるかな？

side：湊屋彦四郎

膳には海老があった。海老尽くし料理か。

まずは味噌汁をいただく。ほう、味噌汁の味が違う。尾張の味噌ではないようだが？　久遠様の故郷の味噌か？

「……美味い」

味噌の深みが違うというべきか？　さらに海老の味がよう出ておって美味い。ついつい言葉に出てしまった。なにが違うのだ？　これではいつもの味噌汁が不味く感じるようになってしまうではないか。

「これは、いかなるものでございましょうか？」

「ああ、それは南蛮風の鬼殻焼きですよ」

「ほう。南蛮料理でございますか」

いかんな。味噌汁だけで飯が半分なくなってしまった。

次はこの白いたれのかかった半身の海老か。確かに海老を半身にして焼く料理はあるが、白いたれなど見たことも聞いたこともない。

周りの者は白いたれに躊躇しておるが、わしは食うぞ。南蛮の料理を食える機会など滅多にないのだ。

「うぉっ⁉」

「いかがした？」

「こんな味は初めてだ。いかに例えるべきであろうか」

ああ……、これほど濃厚でまろやかな味がこの世にあるとは思わなんだ。海老は冬のほうが美味いが、これならば夏でも美味い。じゃが冬の海老でこの料理であればと思うと悔しくてたまらぬ！

何故夏なのだ！

「この白いたれは、なにを使った色なのでございますか？」

「牛の乳を使っているんですよ。近隣の農家から分けてもらいました」

「牛の乳とは。お公家様は牛の乳を飲むと聞いたことがあるが……」

まろやかな味が飯によく合う。だがここはスッキリとした金色酒がさらに合うな。

それに、さすがは本家の金色酒。混ぜ物が一切ないだけに酒精が強いがこれがまたいい。くっと飲むと熱くなるような感覚がまたたまらぬ。

「これは揚げ物か」

「ウチでは天ぷらと呼んでいます」

寺社の僧が確か油で揚げる料理を作ると聞いたことがある。あいにくと食べる機会がなかったが、このような機会で食えるとは。

甘い。海老の身の甘さが驚くほど引き出されておる。これは塩がいいな。それにしてもこの衣がまた美味い。そして海老がプリプリしとる。なんとも憎らしい。

ああ、しまった。飯がなくなってしまった。

「お代わりどうぞ」

「かたじけない」

久遠様自らに飯のお代わりを盛っていただけるとは。

「こちらの揚げ物は茶色いですな」

「それはフライですね。パンという南蛮の主食を粉にして、まぶして油で揚げたのです。フライは、こちらの当家の秘伝のたれで召し上がりください」

海老ふらいとは。天ぷらといかに違うのだ?

うん？　サクッとした歯応えがたまらん。それになんだ、この久遠様の秘伝のたれは⁉

「こんな美味いものがこの世にあったとは……」

サクッサクッとした衣の中には同じ海老ながら、こちらは衣との調和が素晴らしい。海老の味とたれの味が口の中で出会うときが許せぬほどにたまらぬ！

飯が進む！　酒も進む！　ああ、こんな幸せがこの世にあるとは。

つまらぬ意地を張らずに謝罪して良かった！　わしらは久遠様をまだまだ甘く見ておったのだ。我らの知らぬ世を久遠様は知っておられる。もしかすると博多に来ると噂の南蛮人より知っておられるのかもしれぬ。

気が付けば皆、料理に夢中になっておる。天下の大湊の会合衆が、ただただ料理に夢中になり食うてしまうとは。

これは今後のことを、よくよく考えなければならぬな。

伊勢の武家は駄目だ。商いのことはさっぱりで織田様の力も理解しておらぬ。

北畠様にしても公家としては名門で優れておるのやもしれぬが、織田様が本気になれば銭の力で飲まれてしまうのではないか？

そう考えると丸屋はなんという幸運。

わしも織田様に今から臣従するか？　いや、せっかく大湊の会合衆にまでなったのだ。その立場を利用して織田様の役に立てばいいはずだ。

わしには分かる。いずれ織田様は伊勢に来るはずだ。美濃や三河より伊勢のほうが織田様の利は大きいのだからな。

「お代わりいかがですか？」

「お願い致します」

ああ、それにしても美味い。飯が止まらぬ。

さすがに五杯目は少し恥ずかしいが、我慢出来ん。

いっそ恥など捨てて久遠様に臣従しようか。家臣もいい暮らしをしておると聞く。

戦の役に立てなくても商いならば役に立てる。このまま会合衆でおっても面倒事ばかりだしな。

まてよ。店は倅に任せて隠居して行けばいいのではないか？　船大工の善三とてそうするんだ。

よし、わしも隠居しよう。老い先短いのだ。美味いものを食って働きたい。倅はもう店を任せてもよいほど経験を積んでおる。店と会合衆をすべて譲り尾張に行くか。

side：善三の弟子の亀吉

「尾張の久遠様に仕官した⁉」

「聞いておりませんよ！　親方⁉」

「おう。決めたばっかりだからな。あちこち説得するのに苦労したわ。久遠様のもとで船手奉行を任せてくれることになった。禄は千貫だ」

「せっせっ、千貫⁉」

隠居するという親方が、ここ数日なにやら忙しく動いておられたので、隠居の撤回でもするのかと首を傾げておったら、いきなり皆を集めて、尾張の久遠様に仕官したと言い出した。

久遠様は知っておる。今、港にある南蛮船をお持ちのお武家様だ。親方が先日、久遠様の配下のお武家様に助けていただいたのはオレでも知っておることだ。

でも、あまりにも唐突過ぎるだろう。

しかも禄が千貫とは……。

「お前らも一緒に来ねえか？　久遠様は家族や親戚、みんな連れてきていいとおっしゃってくださった。まとめて面倒見てくれるとよ」

「しかし、親方……」

「気乗りしねえ奴は残って構わねえ。お前らはもう一人前だ。わしがおらんでも立派にやっていける」

尾張か。遠いからな。いきなり言われても……。

「だが、尾張に行けば南蛮船の技を学べる。今よりもっと優れた船が造れるんだ。ただし、南蛮船の技は久遠様のもの。行けば久遠様の命に従わなきゃならねえ。そこをよく考えてくれや」

大湊は船造りが盛んだから残れば食いっぱぐれることはないだろうが、親方はいつか明や南蛮の船を造りたいって言っていたからな。

「よう亀吉。どうすんだ？」

「うーん。不安だけど行くつもりだ。捨て子だったオレを一人前にしてくれたのは親方だからな。弟子が少ないと親方が恥をかくだろ」

親方は船大工の職人衆や大湊の会合衆にまで掛け合って、尾張行きを認めさせたらしい。もともと隠居するつもりだった親方ひとりだけなら騒がれなかったんだろうが、親方はオレら弟子も連れていくつもりだからな。

「尾張の久遠様といえば、会合衆が頭を下げに行くお人だからな。確かに一緒に行く弟子が少ないと親方も困るよなぁ」

「やることは変わらねえだろ。尾張に行ってもオレらは船を造るだけだ」

親方が席を立っておられなくなると、兄弟子を中心に皆で話し合いをするが、実の親以上に面倒を見てくれた親方が、お武家様に認められて仕官する以上は、オレらも付いていくしかないと決まった。

兄弟子に顔が広い人がおって少し探ったところ、久遠様のほうでも会合衆に根回ししておられたらしく、本当に一門一家揃って尾張に行くことが出来るらしい。

「親方。この銭は？」

「久遠様から頂いた支度金だ。無駄遣いするんじゃねえぞ」

その後、オレらは尾張に行く支度をしておったが、親方がひとりひとりに銭を配り始めた。一人三貫っておかしいだろ⁉

「ああ、好いた女がおるなら早く言え。わしが縁談をまとめてくるからな。お前らは久遠様のお抱えの職人になるんだ。よほどの身分違いとかじゃなきゃすぐに話がまとまる」

あいにくオレには家族も好きな女もおらん。尾張に行くのだって道具さえありゃいい。

「親方。この銭、預かってくれ。家に置いておくと盗まれる」

「確かに」

「わしの家もこんなに銭を置いておくのは怖いぞ」

「親方。使わねえ分は久遠様にお返ししたらどうです？　禄も貰うんですから」

「そうだな。使わねえ分は返してくるか」

支度金は本当にありがたいが、職人なんてのは道具と身ひとつで十分なんだ。いきなり大金を貰ってもどうしていいか分からねえ。

結局縁談に銭がかかる奴、借金のある奴以外は、ほとんど銭は必要なかった。家族がいる者も着るものと鍋くらいあれば十分だからな。

久遠様は職人のことを知らんのだろうな。

side：久遠一馬

食事会は大成功だった。あまり突っ込んだ話はしなかったけど、これからも商いを続けることは確認することが出来た。丸屋さんに関しても会合衆に頼んでおいたしね。

会合衆の人たちも先の戦の影響を気にしていたようだから、安心したみたい。

共通の話題としては、その日の料理と畿内や東海の情勢や商いの話があった。

料理に関しては明や南蛮などの料理をウチが工夫して再現していることにしたから、仮にヨーロッパや明にない料理でも問題ないだろう。

畿内に関しては堺の商人がウチと取り引きをしたいと動いている話とか聞けたし、幕府の将軍が京の都に戻った話とかもあったね。

東海の話では今川家が明や南蛮の商人を駿府に呼ぼうと動いていることも聞けたが、こちらは実現は難しいだろうと会合衆の人たちも話していた。

南蛮人が一番欲しがるのは銀や銅で、わざわざ駿府に行く利点がないんだよね。

あとウチが最近売っている明のほうの陶磁器が欲しいみたいなんで、追加で売ることにした。どうも大湊の会合衆としては堺に対抗したいのが本音にあるらしい。

ウチとしては、畿内に深入りはしたくない。でも、大湊に協力する形で畿内と対峙するくらいなら構わないか。自ら志願して矢面に立ってくれるんだからね。

「これが南蛮の船か⁉」

「すげえ……」

それと船大工の善三さんたち一門の第一陣が、オレたちの帰りと一緒に尾張に行くことになった。

それはいいんだが、荷物が見当たらないんだが。まさか手持ちの荷物だけで来るのか？

「久遠様！　中を見せてください‼」

「てめえら。無礼だぞ！　申し訳ありません。あとできつく言っておきますので御容赦ください」

「ああ、気にしなくていいよ。えーと、荷物を置いたら案内しようか」

善三さんは連れていく弟子と、その家族の引っ越しや借金の清算などの世話するために今回は残るらしく、一緒に行くのは若い船大工さんたちが多いみたいだ。中には家族だろう子供もいてウチの船に乗るなりはしゃいでいる。

リーダー格の壮年の男が、そんな子供たちを一喝して大人しくさせると深々と頭を下げてくれた。

まだ出港まで時間はあるしね、せっかくだから船大工さんたちと家族の皆さんに船を案内してあげよう。

「しかし、これだけ大きな船とは……」

「いきなりこれを造るのは難しいと思うから、まずは南蛮船の技術を使った船を造ってもらうつもりだから」

「それは、佐治水軍が使っておると噂の船で？」

「ああ、知っていたんだ。あれは既存の船を改造した船なんだけどね。そうだな。一度佐治水軍の造船を見に行ってから考えようか」

子供たちは船の大きさにはしゃいでいるけど、船大工たちは真剣に南蛮船の船体構造や船内の造りを見ていた。

技術系統が違うから未知のものなんだろうけど、自分たちがいずれはこんな船を造ると考えているようで細かい場所まで入念に見ている。

オーバーテクノロジーのものは久遠家の私物として置いているけど、見ても分かんないから大丈夫みたいだね。

佐治さんのところでは、すでに和洋折衷船を建造している最中のはず。ウチの船大工さんたちには、佐治さんに頼んで佐治水軍の船大工さんと情報交換してもらおうか。

最終的に彼らには蟹江で船を造ってもらうつもりだけど、当面は熱田辺りで船を改造するところから始めてもらうべきかね？

この時代の和船を流用した改造船は、佐治水軍が数隻持っていて西洋式操船の訓練をしているけど、そろそろ商船として一部なら使ってみても大丈夫そうだしね。

佐治さんの大野から熱田を経由して津島くらいの間で、実際に商船として使ってみるべきだろうか。

ウチの船大工さんたちも、まずは既存の船の改造から始めて技術の習得・習熟を経て、新造の和洋折衷船にステップアップだ。上手くいけば伊勢湾くらいなら商船として使えるしコストも下がるだろう。

さあ、尾張に帰ろう！

side：大湊の会合衆

「早々に謝罪して良かったな」

「ああ、まことに良かった」

久遠殿はわしらの想像を遥かに超えておった。

「料理ですら、あれほど変わるとは……」

主な食材は伊勢の海老だった。にもかかわらず、我らが食べたことのない味や料理ばかり。

金色酒や金色砲など久遠殿は尾張に持ち込んだが、まだまだわしらの見知らぬ知恵や品物があるということか。

幸いなのは、向こうも我らと敵対する気がないことだろう。大湊と組めば織田家と久遠家の地盤は揺るがぬことを知っておるとみるべきだな。

「今川様に硝石は売れんな」

「ああ、他は構わんのだろうが硝石だけはだめだな」

大湊には駿河の商人と繋がりがある者もおる。今川様との付き合いが長い者もおるだろう。

とはいえ、久遠家から買った硝石を今川様に売るのだけは止めてほしいと頼まれたのだ。さすがに売れんな。服部に売った桑名の二の舞いだけは絶対に避けねばならぬ。

実際に売った商人はとっくに夜逃げしてしまったが。

まあ、今川様もそれほど硝石を求めておるわけではない。堺から鉄砲と玉と玉薬を買うたようだが、量は多くはないと聞く。

鉄砲を大量に用いておるのは、この辺りだと紀州の根来衆と雑賀衆のほうだからな。売るとすればそちらか、畿内だけでも儲けは十分に出る。

「丸屋はどうする？」

「護衛を付けよう。丸屋自身も雇うだろうがな」

商人の中には早くも丸屋から利を奪うべく謀を考えておる者もおろうな。丸屋には護衛を付けて当面は身辺に気を付けるように言うしかない。

本人も分かっておるだろうが、今までの商いと規模が変わるのだ。いろいろと大変なはずだ。

「これから世の中が変わるのかもしれんな」

「確かに……」

織田家は久遠家の力を得ていずこに向かうのであろうな。土地と権威に執着するそこらの武家とはあまりに違いすぎる。

自ら畿内に行き足利家を立て直すか？　あるいは……


天文十七年夏。織田信長と久遠一馬は伊勢神宮を参拝している。

織田家は銭三百貫と多数の貢ぎ物を納めたようで、その目録の写しが現存している。

目的は尾張統一を果たした織田家の地盤固めであったようだ。

正式には斯波武衛家が守護であり、織田家は守護代の家柄なので、朝廷と繋がりの深い伊勢神宮に寄進することにより、織田家の地位を安定化しようと考えたのだと言われるが、斯波武衛家と織田家の関係はそれほど悪くはなかったようで、真相は定かではない。

この旅では、まだ元服前の滝川慶次郎が大湊にて盗人を懲らしめた騒ぎや、途中で妊婦を助けるなど後世に残る逸話もあり、映画や大河ドラマでも取り上げられるなど有名な出来事になる。

それと、後に久遠家の家臣となる湊屋彦四郎と丸屋善右衛門や、船大工の善三組は伊勢大湊出身であり、この時に知り合ったとされる。

この旅の最後には信長と一馬が大湊の会合衆を夕食に招いているが、振る舞った久遠家の料理にて大いに驚かせたようだった。

宴で出された久遠家の料理については太田牛一が書き残しているが、牛一自身は料理を作らぬこともありレシピの詳細は不明な点が多い。

しかし、久遠家には当時のヨーロッパから中東や明に至るまでさまざまな国の出身者がいたとの説もあり、久遠家の料理はそれらを再現または改良した独創的な料理が多かったようである。

織田信長と久遠一馬が伊勢参りに行った際に、道中で倒れていた妊婦を助けたとの逸話が残っている。

当時は、妊婦を穢れと避けるのが当然の時代にもかかわらず、信長は旅の日程を遅らせてまで助けていたとされる。

信長はさらに助けた赤子に自身の幼名から取った名まで与えたといい、当時の伊勢の人々を大いに驚かせたと言われている。

赤子の名は吉法師の【吉】と、自身の通称であった三郎と一馬の間を取り【二】の字を与え、自分や一馬のように大きく立派に育てと願ったとされる。

この赤子が後年に、織田家と深く関わるのは今更言うまでもないが、この一件が織田と伊勢に与えた影響は大きいと後の識者は語る。

織田は妊婦の穢れをものともせず妊婦と赤子を助けるほど慈悲深い。

人々がそう噂するようになったと言われ、間接的に織田の大きな力になったと言われている。

皇歴二七〇〇年・新説大日本史

第六章　尾張に戻って

side：佐治為景

「大湊の船大工とは……」

「ええ。もし良かったら佐治殿の船大工の仕事を見せていただけたらと思いまして」

「当家としては構いませぬが。図面は久遠殿のものですので」

神宮に行っておった織田の若君と久遠殿が帰りがけにやってきたが、まさか大湊の船大工を引き抜いてきたとは。相変わらず信じられんことを平然となされる。

大湊の船大工といえば日ノ本でも名が知られておるだろう。それをあっさりと召し抱えてくるなど、思いもせなんだわ。

「ありがとうございます。先のことを考えると、船はまだまだ必要ですから」

先か。久遠殿はすでに遥か先のことを見ておるからな。子や孫の代の収穫を楽しみに、山に木を植えたのは家中に大きな衝撃を与えた。

他人の領地を誰がそこまで考えようか。戦がない世を願い、戦う武士は日ノ本には他にもおるかもしれぬ。

されど戦がない世を考えて、今から戦に頼らぬ暮らしの備えをする武士は他にはおるまい。敵に回らなくて良かった。家中の皆が心からそう口にしておる。

我らは別に贅沢をしたいわけではないのだ。皆で飢えずに飯が食えて、たまに酒でも飲めたら満足するようなもの。

久遠殿は本気で日ノ本から戦をなくしたいと考えて、それを目的に動いておる。果たして織田家中でそれを理解しておる者がいかほどおろうか。

「そういえば、羅針盤と六分儀、あと海図はどうですか？」

「皆で修練しております。されどまことに正しいのかは、正直分かりませぬ」

「なるほど。ならばそろそろウチの船で少し沖へ出て訓練してみましょうか。例の改造船も大野と津島や熱田の間ならば使っても大丈夫でしょう。荷物の輸送をしながら南蛮式の操船の実地訓練も必要でしょうしね」

「それは助かりますな。実際に南蛮船で訓練出来るならば、皆が喜ぶでしょう」

久遠殿は海を制することで世を見ておるのだろう。そのためには水軍の味方が必要だ。

我ら佐治水軍に望むのもそれであろうな。目的が分かればこちらもやりやすい。

「船乗りと船大工は増やすのに時間がかかりますからね。地道に増やしていかないと」

「伊勢や志摩の水軍衆を味方に出来れば早いのですがな」

「銭で引き抜けるなら引き抜きたいんですけどね。土地を与えるとなると私の一存ではちょっと

……」

ふむ。久遠殿としても伊勢や志摩の水軍衆を引き抜けるなら引き抜きたいか。しかし、さすがに

水軍衆を引き抜くのは難しいからな。

素破と違い下手に引き抜けば騒動になるのは明らかだ。

と言っても水軍衆の領地など高が知れておる。厚遇すれば一族を分けるくらいはしそうだとは思うが。

まあ現状では我らが南蛮式の操船を覚えて、船を増やすのが一番であろうな。

side：久遠一馬

大湊から帰る途中に佐治さんのところに寄って、船大工の皆さんをしばらく預けることになった。

佐治さんのところの船大工さんと情報交換してもらい、建造中の和洋折衷船について勉強してもらうことにしたんだ。

どのみち親方の善三さんが尾張に来るまでは仕事は出来ないしね。

「やっぱり我が家がいちばんだね」

那古野の屋敷に戻って、元気に駆け寄ってきたロボとブランカを見たらホッとするね。

テーブルの上にある報告書の山は見なかったことにしたいが。

一応、留守は資清さんとメルティに任せたし、特に問題はなかったらしい。とはいえいない間の報告書は当然溜まっている。

別に決裁が必要とかじゃないけど、目を通さないと後で困る。

ああ、信秀さんに提出する報告書も書かないと。いろいろ収穫もあったしね。

あとは伊勢神宮の御札と伊勢エビの干物をお土産としてみんなに配る予定だ。喜んでくれるかな？


「殿。よろしいでしょうか？」

「うん。いいよ」

仕方なく報告書に目を通していると資清さんがやってきた。

「相模の北条駿河守長綱殿が尾張に来るようでございます」

長綱？　……って北条幻庵じゃないか⁉　確かに北条家から人を寄越したいという話は前々からあった。昨年の冬に流行り病の薬を売ったあとだったか。

「駿河守殿って、伊勢宗瑞公の子だよね？　北条家中での立場はかなり上のはず」

まさか北条幻庵が来るとは思わなかった。

「織田家と当家の視察が目的でございましょう。北条は近年の戦などで疲弊しておりますれば、少しでも味方が欲しいところかと」

元の世界では北条早雲として有名な人だが、この時代では伊勢宗瑞という名が一般的なんだよね。伊勢家は室町幕府でかなり地位のある政所執事を務める家柄だ。

ああ、確か北条は少し前に河越夜戦で関東管領の上杉憲政に勝ったはず。ただ、領内が疲弊したりして大変な時期か。

今川とは武田晴信の仲介で和睦したけど、三国同盟はまだなんだよね。

三国同盟はあるのかな？　今川は三国同盟を欲するだろうけど、信濃に集中したい武田はともかく北条は三国同盟に加わるだろうか。

というか資清さん。少し前まで甲賀にいたのに、北条家の内情まで調べて理解しているって地味に凄い。

「北条は味方にしておきたいな。今川を楽にはさせたくない」

「北条は先年に武田の仲介で今川と和睦しておりますが、あまり上手くいっておらぬ様子。向こうも織田家は味方にしておきたいところでございましょう」

北条幻庵。北条家の生き字引。多分この時代でも結構な歳のはずだけど、まだまだ長生きするんだよね。

あんまり北条に肩入れしすぎて関東を制覇されても後で困る気がするけど、苦しいときに助ける利点は大きいだろうな。

そういえば、上杉謙信も今は長尾景虎という名前になる。上杉家の現在の当主は上杉憲政で、後に領地を追われた憲政が謙信に上杉家を譲ったのが史実だ。

この謙信が何度も関東や信濃で戦をして、北条や武田の足を引っ張り続けたとも言える。

特に謙信の関東遠征は口が悪い人は出稼ぎと言うからね。

謙信の領地の越後は、この時代はあまりいい土地ではないから。越後が米所になるのは越後平野の整備が行われた大正や昭和以降の話だ。

この時代だと湿田ばかりで河川の氾濫などが頻発する土地でしかない。しかも、雪も多いしね。越後は。

蝦夷地との交易の北前船の湊があることや青苧の産地でもあるので、謙信はそれを掌握して資金源にしていたらしいけど。

蝦夷からの産物はウチも扱っているし、青苧と同類の麻も来年以降は尾張で植える予定だから、下手をすると謙信の力が落ちて関東や武田とのバランスも崩れるんだよね。

まあ細かいことはエルたちと相談しないと分からないけど、北条幻庵が来る以上は歓迎して良好な関係を築く必要がある。

「なかなかいい出来じゃないの」

「うふふ。そうでしょ？」

数日が過ぎて溜まった報告書を片付け終えると、メルティが見せてくれたものに資清さんたちが驚きの表情を見せた。

現在、ウチと織田家で密かに造っている銅銭の流通量は確実に増えている。特にウチは明との貿易と称して宇宙で鋳造している分もあるからね。

基本的には各地から集めた粗銅からも造っているし、あえて公言はしていないが悪銭や鐚銭も使えないレベルのものは宇宙で銅銭に造り直している。

もっとも使えるレベルのものは、それなりに流通させてもいるけど。

ただ今回の伊勢参りで改めて分かったが、銅銭は重くて嵩張るから高額な取り引きには向かない。

別に現金引き換えの商売じゃないけど、通貨そのものを運ぶ運搬コストが少し気になるんだよね。

「これ木版画か？」

「そうよ。多色刷りにしたわ」

そんな理由もあって、メルティには事実上の紙幣となる手形を試作してもらった。

形式は木版印刷による多色刷り。一貫手形と十貫手形の二種類がある。細かな細工模様に南蛮船の絵が描かれていて、織田家の家紋も入っているね。文字は活字体にしていて将来の活字普及にも期待しているみたい。

木版印刷自体は日本では古くは奈良時代からあったとか。有名な江戸時代の浮世絵なんかもある。技術的には戦国時代にあっても不思議じゃないだろう。世界だと活版印刷すら百年ほど前からあるくらいだし。

今回はあくまでも試作で、手形自体はそれほど大量生産するわけではないので、木版印刷で十分だろう。

「当面は当家と取り引きのある者に限定して使うべきです。この手のものはすぐに偽造が出回りますから。各商家にサンプルを配り偽造品を見抜くように指導も必要ですね」

問題は、偽造がどの程度のレベルでどう出回るかということだな。換金自体は織田家とウチでやるしかないが、エルの指摘通り、手形の使用を限定して許可制にするしかない。

別に尾張の商人だけが善良なんてこともないし、偽造をする商人がウチと取り引きのある商人から出てくる可能性もある。

あとは偽造品を使わせないように、各商家にも見抜くように頑張ってもらわないと。

まあ手形にしては多色刷りだし細工や絵も精巧だから、気を付ければ偽造は防げるだろう。偽物が出回れば新しい物と交換すればいいしね。

「あとは殿に許可をもらってやるか」

「銅銭の保有量を増やす必要がありますね。上手くいけば自然と銀行業務に移行出来るでしょう」

この手形はだいぶ前から構想はあって、型の試作はしていた。

史実の江戸時代には藩札という藩による独自発行の紙幣があった。経済が発展すると紙幣って便利なんだよね。

ウチも具体的に運用を検討したのは、船大工の善三さんたちが支度金を一部返してきたことが原因になる。

銭の置き場所がない。引っ越しの荷物にもなるし、家に置くと不用心で危ないとの理由で返してきた時には正直驚いた。銭があると知られると盗人が来る。まだ留守のときに銭だけ盗まれるならいいが、この時代だと家人が危ないみたい。

善三さんから返された支度金は彼らが尾張に来たら、生活に必要な物を揃えるのに使えばいいから構わない。

ただ、改めて貨幣経済普及の障害や問題が多いことを思い知らされた。

ふと気になったので、セレスに警備兵の現状を聞いてみる。

「警備兵のほうはどうなの？」

「評判はいいです。やはり治安維持は国の基本ですので。清洲・那古野・工業村に限定されますが、抑止力としても成果は出ています」

上手くいっているようで良かった。

障害は治安の問題もあるんだよね。善三さんみたいな庶民は、お金を得ても保管するのに苦労をする。基本的に武士や商人は自己防衛だけど、職人はそこまで家や仕事場にお金をかけないし農民は言うまでもない。

以前からやっている警備兵の成果が出ているみたいでホッとした。

「無論、細かな問題は多々あります。警備兵のモラルも引き続き指導をしないといけません。一部の者は商人などから賄賂を貰って巡回を増やしたり偏らせておりますので」

治安の向上が犯罪率を下げるのは、元の世界でも証明されているしね。警備兵の成果が出ているのは良いことだ。ただ、価値観の違いやモラルの低さと貧困からくる犯罪は抑止出来ない。

問題点は気長に改善するしかない。

side：織田信秀

三郎と一馬が無事に戻った。大丈夫だろうとは思うておったが、やはり安堵したのが本音だ。

あのふたりはこの先の日ノ本に必要だ。つまらぬことで失うわけにはいかぬからな。

「殿。いかがでございましょう」

「そなたらが構わぬのならば、わしは異を唱えぬが……」

あやつらがおらぬ間にひとつの話が持ち上がった。

津島と熱田が警備兵を置きたいと言い始めたのだ。理由は桑名の影響であろう。

わしと一馬は桑名を切り捨てた。決断したのはわしだが、一馬が桑名を不要だと考えておったことは、こやつらも知っておることだ。

今日も津島衆と熱田衆が嘆願に来たが、こやつらも内心では蟹江に港が出来れば一馬に切り捨てられるのではと不安があるのであろう。

尾張でも抜き出た湊の津島と熱田がここまで変わるとはな。

「かなり、人の流れが変わっております。工業村の風呂屋に行き、清洲に泊まる旅人が増えております。市中の警備のための兵を置くことは利に繋がりまする」

わしですら津島と熱田のやり方に口を挟むことは控えねばならなかったものを、一馬はそれを変えてしまったか。

無論、警備兵の利は明らかにある。清洲と那古野では狼藉を働く者は減り盗人も少なくなった。民の評判はよく周辺の村から人や物が集まり旅人も増えた。

人が集まれば利に繋がるのはわしにでも分かるからな。

「やり方は一馬に合わせろ。同じ尾張でやり方が違うのは混乱するだけだ」

「はっ。もとよりそのつもりでございます」

さすがに津島と熱田を切り捨てるつもりはないのだが、冷遇されるくらいはあり得ると思わせておくべきか。

もっとも一馬に言わせると津島から蟹江と熱田。それに那古野と清洲で力を合わせてやらねば、とてもではないが間に合わぬと言うておったが。

警備兵も、最初からいずれは領内すべてに広げるのを前提にした策だ。まさか、国人衆や町衆のほうから欲しいと言われるとは思わなんだがな。

「銭の力は凄まじいな」

「左様でございますな」

津島と熱田の者らが下がると、控えておった五郎左衛門がいかんとも言えぬ表情をしておった。

武家は武力で従えようとするが、それでは国人衆の力は残ってしまう。故になにかあれば謀反や裏切りが絶えぬ。

津島や熱田のように寺社が勢力にあると扱いはさらに難しくなるが、銭の力を押さえてしまえば皆の態度が変わるのだからな。

「一馬の恐ろしさを一番理解しておるのは、あの者らであろうな」

「一馬殿は日ノ本に縁やしがらみがありませぬ。故に血筋も権威にも重きを置きませぬからな。我らの当たり前に思うことが通じぬ怖さを、桑名の件で改めて理解したのでございましょう」

一馬は他の誰よりも信義を重んじる。しかし、その反面で他の者が気にする権威や血筋などの古き慣例には驚くほど興味がない。

寺社は丁重に扱っておるが、信じておるようには見えぬ。

忍び衆のように尽くす者は身分に関わらず厚遇するが、逆に血筋や権威で当たり前のように厚遇されると考える者には驚くほど冷たい。

信義を持てばいい。その一言に尽きるが、裏切り裏切られながら生きる者にそれをやれというのはなかなか難しい。

もっとも津島衆と熱田衆は上手く一馬と誼を築いておるが。

信義さえしっかりすれば、大きな利をもたらしてくれることは一番理解しておろう。

一馬もわしも皆の利を奪う気はないのだからな。

「しかし、一馬のことは悩むな。やはり猶子にするべきか？」

「婚姻は奥の序列や子が産まれたときに、家督相続の懸念も出ます。そこを考えると確かに猶子辺りが今はよろしいかと」

懸念は一馬の力を考えると、わしと明確な血縁が欲しいことか。今はよいが先を考えると必要なのは明らか。

当初は婚姻を考えておったが、あの聡明で多彩な奥方らを敵に回すのは避けねばならぬ。

婚姻は嫡男が決まったら子の代でも構わぬな。一馬は猶子にして三郎の義理の兄弟にするのが現状では最善か。

まずはエルにでもそれとなく問うてみる必要があるな。

side：久遠一馬

「うわぁ、へんな牛だ！」

「牛の乳がいっぱい出る牛なのよ」

夏も半ばを過ぎた頃、牧場村では子供たちが騒いでいる。

表向きは南蛮から買い付けたことにして、宇宙要塞で飼育していたホルスタイン種とジャージー種を船で運んできたんだ。

いや、本当に買い付けようかと思ったけど、牛は宇宙で飼育していたし。DNAも同じだからいいかなって。

子供たちは特にホルスタインの白い体に黒の模様が珍しいようで騒いでいて、リリーが嬉しそうに説明している。

「南蛮の牛か」

「ええ。牛乳の消費量が結構増えたので取り寄せました」

信長さんに至っては子供たちと一緒に、黒の模様が汚れでないのかと洗って確かめているね。どっかで聞いた逸話に似ているな。

牛乳はこの時代の人は基本的に飲まない。ただ、ウチの家臣や牧場村では飲むし料理にも使う。

面倒だから薬になると言っているけど。

最近では信秀さんも飲むようになったみたいで、信秀さんの子供たちにも飲ませているんだとか。

定期的に牧場村から清洲に牛乳を献上しているからね。

チーズやバターなんかは結構料理にも使うから、本格的な酪農を始めることにした。在来の牛も飼っているんだけどね。牛乳を搾るならホルスタインとジャージーがいい。

本当は肉牛も飼育したいんだけどね。いきなりあれもこれもと増やしても大変だからさ。

前に持ち込んだヤギも元気に育っているよ。でも、ヤギ乳はあんまり美味しくないんだよね。

「牛の乳は美味いな。この前の海老の焼き物のたれはあれを使ったのだろう？」

「そうですよ。若様は他にも知らぬ間に食べていますし」

信長さんはお酒より牛乳が好きみたいなんだよね。それに穢れとかまったく気にしないし、ウチで出した料理は中身を聞く前に食べちゃうから。

オレたちが食べるなら大丈夫だろうと考えているみたいで、細かいことは気にしないらしい。

「ここの者たちも見違えるようになったからな。捨て子だったようには見えぬぞ」

「みんな育ち盛りですからね」

それと信長さんばかりか信秀さんまでもが牛乳を飲むようになった訳は、牧場村の子供たちが理由にある。

孤児院の子供たちは基本捨て子だ。当然、来た時は栄養が足りずにガリガリだったりするけど、数ヵ月で見違えるように元気になっているんだよね。

顔色もよく肌艶もいい。オレはちょくちょく来ているからあまり実感ないけど、たまに来る信秀さんとか政秀さんはびっくりする。

「ここの者は下手な武士よりいい物を食うておるからな。羨ましいくらいだ」

「そこまで贅沢はさせていないんですけどね」

ここに来ればみんながいい物を食べさせていると言うけど、実際にはそこまで贅沢はさせていないんだよね。

乳製品と卵。それと肉と魚とかは食べさせているけどさ。乳製品と卵はこの時代の人が食べないだけだし、魚は下魚と言われるような魚とかも食べているんだけど。

調味料は確かに醤油とか高級品なんだろうけど、ウチの商品は基本原価があってないようなものだからね。

でも、尾張の食料事情は着実に改善している。

一番はこの時代にはなかった大型の網をあちこちに貸し出したから、魚の漁獲量が増えて値段も下がった。

特に肥料にするつもりだった干した鰯は、安いから農村なんかでも買える値段になっている。

賦役もあちこちでやっているから、銭は農民にも回っているしね。

雑穀に山菜や野草を入れた雑炊が主食の農民も、最近では魚が食べられると喜んでいる。

元の世界だと煮干しになるような魚なんだけどね。ありがたいって感謝されると、どうしていいか分からなくなるよ。

side：望月千代女

「父上。また人が増えましたね。さすがにそろそろまずいのでは？」

お方様のお供として伊勢から戻ると、また甲賀者が増えております。そのうち、五十三家の出身者が揃いそうな勢い。

尾張でも久遠家に甲賀者が多いのは有名でございます。中には大丈夫なのかと疑念を抱く声もなくはないようで。

もっとも織田の大殿と若様はまったく気にしていないので、なにも言われておりませんが。

「六角家には新たに硝石を売ることになった。甲賀衆の引き抜きとは関わりはないが、こちらには文句は来るまい。甲賀の里に対する締め付けはあるかもしれんがな」

「まだ人が足りぬのですか？」

「ああ、足りぬ。久遠家の商いはすでに東は関東から西は畿内まで広がっておる。この先まだまだ広がるのだ。とても足りぬよ」

さすがに甲賀衆が集まり過ぎているのではと不安になりますが、まだ足りないとは。

しかも、硝石を売ってまで黙らせるほど。殿も本気で甲賀衆をまだまだ求めているということでしょうか。

「甲賀のほうは大丈夫なのですか？」

「今のところ領地を捨てたのは滝川家のみ。それに三雲のように六角家に近い家からは来ておらん」

「しかし、甲賀の望月家からもまた人が来たのでしょう？」

今や甲賀衆は食うに困れば尾張に来ている気がします。同じ忍び働きならば久遠家のほうが待遇も報酬もいいのです。当然のことですが。

望月家でさえ甲賀から来る者が増えました。叔父は所領を守るつもりのようですが、残念ながら久遠家での暮らしと待遇を比較すると、あの所領を守りたいのは年寄りと重臣くらいかもしれません。

仮に私に所領をやるから戻れと言われても、断固お断りします。

「六角の御屋形様は所領を維持さえすれば文句は言うまい。待遇を変えてまで引き留めるのは六角家では難しいからな」

皮肉なことなのでしょう。甲賀衆を一番認めておられるのは、六角の御屋形様ではなく我が殿なのですから。ここに至っても六角家では甲賀衆の立場は変わらず。久遠家としては好都合なのでしょうね。

「尾張者も励んではおるが、いかんせん若い者ばかりなのだ。久遠家譜代の者は本領の維持と船による交易で精いっぱいとなれば。八郎殿の苦労がよく分かる」

久遠家の弱点はやはり人がいないことですか。手広く商いをしているのです。日ノ本の外にも各地に拠点があるのでしょうし、人が足りないのも仕方ありませんね。

「いかがなるか不安でしたが、八郎様とは上手くやっているのですね」

「家中で争う余裕などないわ。それにそなたとて自ら禄を貰っておるではないか。争う暇があったら役目をこなしたほうが銭になる」

久遠家ではいろいろと変わっています。所領らしい所領が尾張にはないので、禄はすべて銭で頂きますが、父上が望月家として頂く禄の他にも各々で働いて貰う禄もあります。

私も直接殿から禄を頂いておりますが、他の殿方に負けぬほどの禄を頂いております。

滝川家も望月家も皆が自ら働いて禄を得ていますからね。対立や争いがないのは本当に良かった。

「それに八郎殿は人に仕えるのに向いておる。忍び働きよりもな。殿と家中を上手く繋ぎまとめておるのは八郎殿だ」

八郎様は武芸も忍び働きも、あまり得意ではないと以前おっしゃっておられました。しかし、久遠家をまとめているのは確かに八郎様です。

考えてもみれば八郎様も主らしい主に仕えたのは、初めてなのかもしれません。甲賀衆は惣による合議で動きます。従って一族を代表するような身分でもなければ、六角の御屋形様に直接仕えることはありませんから。

「皮肉ですね。甲賀にいれば生涯明らかにならなかった才なのでしょう」

「ああ。織田の大殿や若様も、八郎殿を認めておる。織田一族の中にも久遠家に家老を出したい者はおるが、すべて止められておるからな」

八郎様の待遇と立身出世は甲賀でも話題になっていました。

余所者である一介の陪臣が、頻繁に大殿に目通りが叶うのは驚きですから。

この先も甲賀から人は来るでしょう。

ただ、いつか六角家とぶつかったときには甲賀衆は敵味方に分かれることになりそうですね。

そのときに困ったことにならねばいいのですが。

✿

天文十七年。夏に久遠家が欧州から牛を取り寄せたことが『久遠家記』に記されている。

日本では武士の台頭により途絶えていた、乳製品や牛乳を飲むことを再開させたのは久遠家だと言われていて、当初は薬として飲まれていた。

医聖である薬師の方こと久遠ケティの推奨もあり、織田家では早くから飲まれている。

この時、取り寄せた牛はホルスタイン種とジャージー種のようだが、詳しい入手ルートは不明。

この二種は現在も日本圏ではお馴染みであり、長い歴史の影響か欧州の同種の牛とは別物として扱われている。

皇歴二七〇〇年・新説大日本史

第七章　東からの訪問者

side：アンドロイド

「人目がないと楽でいいわね」

「これ、歴史に残っちゃいますよ。いいんですか？」

「構わないわよ。細かいことは未来の歴史学者が好きに考えてくれるわ」

シベリアの最果てとまでは言い過ぎかしらね。史実ではオホーツクとマガダンと呼ばれていた場所に、ローマン・コンクリートを用いた城が建てられることになった。

ガレオン船の木材供給地としてシベリアが最適と判断してのこと。この時代のシベリアは領有が曖昧ということが理由にある。

ロシア人がオホーツクに来るのは、史実だと一六三四年ということになっている。先のことを考えるとシベリアはこちらで押さえたい。

ここの気候は厳しいけれど、資源の宝庫であることは調査済み。

多数の無人重機とロボット兵による工事にて、冬までに拠点となる城と町の整備を終える予定よ。

このふたつの町を拠点にシベリアに進出することになるわね。

ロシア人がヤクーツクに砦を築く一六三二年になる前にヤクーツクは押さえたい。ただシベリアにも先住民族はいる。彼らを味方に付けてロシアをウラル山脈の向こうに閉じ込められれば満点かしらね。

史実の明治以降の日本のようにロシアに怯えなくて済むようになるわ。将来的に史実の極東ロシア領を押さえられれば、人口が多く史実において厄介な中華は放置が一番なはず。

「ここの開発で、私たちが東ローマ帝国の末裔にされる確率が上がりますよ」

「いいじゃないの。歴史の勝者は批判されないわ」

日本が統一されたら、手頃な時期に海外領地を日本領として歴史に残せばなんとかなるわ。

この世界の信秀公と信長公なら喜んで受け入れてくれるはず。

あとは擬装ロボット兵を日本人移民と入れ換えていけば、すべては時間が解決してくれるわ。

このままでは人口が史実より爆発的に増えるのは明らか。その移民先も必要なのよね。

「でも、スペイン人が南米で廃棄したプラチナをこっそり回収しているのはセコくないですか?」

「捨てたものを拾っただけよ。勿体ないじゃない。エコよ。エコ」

別にスペイン人に恨みはないわよ。でもプラチナは今から備蓄しておいても損はないわ。それに沈没船なんかには手を付けていない。

未来にトレジャーハンターの夢を残したいもの。

本音を言えばポトシ銀山の銀も欲しい。織田家が西国を押さえて銀の流出を防ぐのはまだまだ先になる。明との取り引きもウチ以外は銀や銅が主流なのは変えられないのよね。

ただこうして歴史を見ると、史実がいかにヨーロッパ人を中心に回っていたかがよく分かる。

悪いとは言わない。それが歴史であり生きるということだから。

でも……、私たちのためにヨーロッパ人に世界は渡さない。

彼らが大好きな人権や民主主義が普及したら会いましょう。

もっとも史実のヨーロッパ人を考えると、自分たちと違う価値観と文化の世界を認めて自ら受け入れるかは怪しいけれど。

「そういえば町の名前どうするんです？」

「なんでもいいんじゃない？　誰かそのうち考えるわよ」

オホーツクとマガダンの地名は多分なくなるわね。まあ名前なんてどうでもいいけど。

side：北条幻庵

駿河、遠江を経て三河に入ったが、今川は安定しておるの。とはいえ西に行けば行くほど織田の名が聞かれるようになる。

もともと、遠江は織田の主家である斯波の領地。今川より斯波と織田がいいのではと囁く民もおるのであろう。

無論、織田などものの数ではないと息巻く者もおるようじゃが。

三河に入ると織田と今川の話はより深刻になる。織田は尾張をまとめて、次は三河だと噂されておるし、今川は織田を恐れておるとの噂もある。

北条と今川は先年には和睦をしたが、あまり信が置けるほどでもない。宿は寺や民家に求めておるが、時折地元の武士に招かれることはある。

話にあがるのは織田と今川の話じゃ。無論、今川方の武士なれば迂闊なことは言わぬが、織田が気になるのであろうな。

絹に木綿に金色酒はもとより、砂糖や鮭に昆布などかなりの品物が尾張から入っておる様子。勘のいい者は織田の力を感じておるのであろう。

「織田弾正忠殿の知恵袋はやはり噂の久遠殿かの」

「久遠殿はまだ若いと聞きまするが？」

「若いと侮ると痛い目を見るぞ」

旅に出て良かった。この目で見て感じなくては分からぬこともある。

駿河も遠江も織田の品物が入っておる。それが人に与える心証は大きい。雪斎和尚が安易に動かぬ理由がよく分かる。

気になるのは、織田のやり方が武家のものではないことか。強いてあげるとすれば寺社や商人に通じるものがある。

「噂の南蛮船。楽しみですな」

「うむ。日ノ本の水軍も商人も南蛮には行けぬ。九州の商人は明には行くようじゃがの。人が出来ぬことを出来るのは大きな強みじゃ。惜しいの。北条に来てくれれば……」

惜しいの。本当に惜しい。北条に来ておれば、いかほどの利をもたらしたか分からぬほどじゃ。

織田殿はそのことをちゃんと理解しておる。新参者にもかかわらず評定に呼んでおるのがなによりの証し。

今川には出来ぬことであろう。


織田領と今川領の境は矢作川の辺りと聞いておったが、西三河はそうとう織田が有利かの。随分と織田から品物が流れてきておる。

かつて三河をほぼ統一した岡崎の松平宗家には、最早西三河をまとめる力もない。これでは戦になれば寝返りが相次ぐはず。

「北条駿河守殿でございますな。某は織田三郎五郎信広。お迎えに参上致しました。本日は安祥城に是非お泊まりくだされ」

矢作川を渡るとすぐに織田方の出迎えが待っておった。

三郎五郎殿は確か弾正忠殿の庶子。矢作川西岸の三河をまとめており、松平方との戦では優位に進めておると聞いたが。

自ら国境まで迎えに来るとはの。

織田の兵は見慣れぬ黒い鎧を着ておる。左右の肩の形が違うのは、いかなる意図からであろうか。

それに民の様子を見ると、織田がいかに上手く治めておるか分かるというもの。

三郎五郎殿の姿を見て笑顔を見せる者や、中には収穫したばかりの作物を献上しようとする者までおる。

「さすがじゃな。ここまで民に慕われるは、なかなか出来ることではない」

「某の力だけではございませぬ。皆で力を合わせて飢えぬようにとしておるだけのこと」

なかなかの若者じゃな。武力や権威で従えてしまえという乱暴な者も少なくないというのに。

民が心から武士に従うほど怖いものはない。今川が臆したと噂されても動かぬのも当然かの。


安祥城も風魔が探った通り、随分と改築したようじゃ。

食えぬ民に賦役をやらせて飯を食わせる。効果は噂以上にあるか。もっとも今の北条では無理じゃがの。

織田は賦役もまともにやれぬと今川の者は笑うておったと聞くが、この結果を見て笑うておると は今川にも呑気な者がおるわい。

「……これは美味いの」

「ご高名な駿河守殿にそう言っていただけるとは」

夕食も随分と豪華な料理を用意してくれたが、味付けが一風変わっておる。

これが噂の久遠醤油か。これほど美味いとは思わなんだ。

ああ、金色酒にもよく合う。

「それは久遠家の醤油でございまする。あいにくと売るほどはありませぬが」

尾張でも久遠家と縁のある者にしか手に入らぬという久遠醤油。畿内にある醤油よりも美味いという噂はまことであったか。

わしだけではない。供の者も驚いておるわ。

これを売れば金色酒に負けぬ品になろう。これほどのものがまだまだあるのか？

伊勢の商人が織田に詫びを入れた訳が分かったわ。

商人は荷留をすることがあるが、まさか己らが荷留をされる側に回るとは思わなんだろう。

ということは先程風魔から聞いた桑名が荷留をされて慌てておるのも事実か。

今川はこのような異質な相手に、いかに立ち向かう気なのだ？

side：久遠一馬

「ほう。これはまた美味い」

幻庵さんが安祥城に入ったと知らせが届いたこの日、ウチのおやつはフレンチトーストだった。

山の形をした食パンを牛乳と卵と砂糖などを混ぜた液体に浸して、フライパンで焼いたものになる。

信長さんは本当に甘いものを美味しそうに食べるね。

元の世界だと家庭でもお店でも食べられる庶民にお馴染みの味。ただパンの歴史が古いヨーロッパでは、この時代より昔から類似する料理があるらしい。

パンもエルたちが焼いたものだ。ウチには竈っぽいオーブンがあるから。尾張に来た頃に特注して、職人が作ってくれたものになる。

今では手押しポンプの井戸と一緒に那古野城や清洲城にもあるし、工業村や牧場村とかウチが関わるところにも広まっている。

オーブンは洋食だけのものじゃない。那古野城や清洲城の料理人にはオーブンを使う料理も教えていて評判もいいんだよね。

「北条駿河守。伊勢宗瑞の子だな。箱根権現の別当をしておる。文武両道だと聞くが……」

この日は信秀さんも来ている。信秀さんも不思議と食事時とおやつの時間に来ることが多いんだよね。鷹狩りや遠乗りと称してはウチの屋敷に来る。

「領民の評判もすこぶる良いお方です」

ただ、この日は幻庵さんの件で来たらしく、信秀さんもそれなりに幻庵さんを知っているらしい。さらに忍び衆が調べてきたところによると評判もいいんだよね。

いわゆる出家したお坊さんらしいけど、武士でもあり戦でも活躍するからなぁ。

史実においては北条五代に仕えた人で、彼が亡くなり一年も保たずに北条家は秀吉により滅ぼされている。

「目的はウチですかね？」

「であろうな。先の戦とその後の伊勢商人の動きを見れば、気にならぬと言えば嘘になろう」

エルたちとも相談したが、目的はウチの可能性が高い。

尾張の改革はウチが多かれ少なかれ関わっているしね。信秀さんは伊勢商人の動きが引き金だと見ているようだ。大湊は謝罪してきたし桑名は放置されているからな。

「引き抜ければ面白いんですけど」

「そなたは、たまにとんでもないことを口にするな」

いっそのこと幻庵さんを引き抜けないかなと、ふと口を滑らせちゃったら信秀さんに呆れられた。

いや幻庵さんが名門というか、室町幕府の要職を握る伊勢家の庶流なのは理解している。

ただこの時代ではすでに隠居してもおかしくない歳だし、尾張に来てくれればと、ちょっと思っただけなんだけどね。実際には北条家が手放さないだろう。

「駿河守は尾張をいかに見るか」

「こちらのやり方。理解するかもしれませんね」

現状の織田家には、北条を敵に回す理由はない。しかも、幻庵さんは領民を大切にしているらしく、織田家の方針と今後を正確に理解する可能性があるんだよな。

「エルよ。欲しいのは鉄砲か？」

「鉄砲よりは鉄そのものかと思われます。北条といえども現状では鉄砲を揃える余裕はないと思われますので」

信長さんはフレンチトーストをお代わりした合間に話に加わってきた。結局はなにが欲しいのかと考える辺り合理的というかなんと言うか。

北条には硝石は売っているが鉄砲は売っていない。向こうが求めてきていないからね。むしろ鉄を欲しがっている。

製鉄は西国では盛んだけど、関東だと聞かないしね。高価な鉄砲より鉄そのものが欲しいのは当然だろう。

史実でも日ノ本では南蛮人から鉄を輸入していた話は有名だ。

現在、工業村の鉄は大半が精錬されないまま熱田からウチの船で本拠地まで運び、向こうで精錬して尾張に送り返して北条や大湊の商人に販売している。

無駄に思えるけど、それでも利益が出るのが鉄の現状になるんだよね。

もっとも信秀さんは鉄の精錬に必要な反射炉をもっと造るように命じているので、職人たちが頑張って造っているけど、尾張は建築ラッシュであることや材料の耐火煉瓦作りもあるし、反射炉を造れる職人も多くはない。

エルの話しでは反射炉は最低でも二十基は必要だって言うし、当面はウチが介在して売るしかないのが現状だ。

元の世界では鉄は国家だと言った人がいたけど、戦国時代でも貴重な戦略物資なんだよね。

尾張の鍛冶職人は地道に増えている。少し前に尾張や伊勢の商人に各国にて職人の勧誘を頼んだんだ。手間賃を弾んだら商いのついでに声を掛けてくれているらしい。

腕前はお世辞にもいいとは言えない人も多いが、とりあえず数打ちの刀や槍の穂先を作らせている。

鉄をそのまま売っても儲けはあるけど、数打ちでも刀になると明にも売れるしね。

本当は農具とか土木用のものを優先して作ってほしいけど、無駄に誇り高いのか嫌がる人も多い。

どのみち他国から勧誘した職人は工業村には入れてなく、那古野と清洲や津島と熱田などに分けて住まわせているから、なにを作ってもいいんだけどさ。

「さて、いかにして駿河守を歓迎するか」

幻庵さんの訪問の目的は、友好を深めることと取り引きの拡大だろうから普通に歓迎すればいいと思うけど、信秀さんはちょっと悪い笑みを浮かべている。

また、驚かせたいんだろうなぁ。この前は、道三相手にエルにお茶を点てさせたし。

こういうところ。本当に信長さんの親父さんだって痛感するね。まさに、この親あってこの子ありだ。

ただ、効果はある。道三は織田家との和睦交渉での態度が以前よりも軟化したらしい。

もともと道三本人は和睦に乗り気だったが、家中には反発もあるようで大垣の扱いなどで時間をかけて交渉している形をつくっているんだよね。

「三郎五郎からの書状では、駿河守は醤油が気に入ったらしい」

「そうですか。では土産に加えておきます」

安祥城には正月に信広さんがウチに来て以降、月一くらいの割合で物資を送っている。

松平領などから来る流民に食わせる雑穀や、小競り合いで消費する硝石に、金色酒や砂糖なんかの高級品も送っているんだよね。

信広さんはそれを家臣に分けてやったりして、三河の織田領を上手くまとめている。信広さんからは返礼の書状がくるけど、毎月のように送られてくる物資に三河の国人衆たちが素直になったんだとか。

　結構なことだ。兵を率いて無駄に時間をかけるよりは物量で従ってくれたほうが早くていい。松平領の国人衆との違いが歴然としているからね。今のところ裏切りすら出ていない。

「かず。湊屋の件はいかがするのだ？」

「ああ、それも殿に報告が必要でしたね。実は大湊の会合衆のひとりである湊屋殿が隠居するので、当家に仕官したいと書状が来ておりまして。いかが致しましょう」

　幻庵さんの接待では、ウチが料理を担当することになった。

　ただ、ここでもうひとつ信秀さんの裁定が必要なのは、大湊の会合衆のひとりがウチに仕えたいと手紙を寄越してきたんだ。

　大湊滞在中にお世話になった人で、食事会をした時に一番料理に夢中だった人なんだけど。まさか料理が目当てじゃないよね？

「召し抱えてやるがいい。使えぬならば放逐すればいいだけのこと。それに大湊との仲介くらいは使えよう」

　丸屋さんなら喜んで召し抱えるけど、会合衆である湊屋さんを召し抱えるのって迷うんだよね。機密とかもあるし。

　エルたちと資清さんは、今後の商いの拡大を考えると召し抱えたほうがいいと言うけど。資清さんに至っては裏切れば処分すればいいと平然と言うからな。

　信秀さんの反応はドライだ。基本的に臣従を申し出れば受け入れているからね。使えなかったら追放するか処分をしている。

個人的に史実の利休みたいに、あまり特定の商人に権力を持たせたくないから迷うんだけど。

とはいえ会合衆の経験と商いの力量は、欲しくないと言えば嘘になる。

うーん、なんとかなるか。

ところでロボとブランカよ。お願いだから信秀さんの膝の上で遊ばないでおくれ。

side：北条幻庵

翌朝、安祥城を出て尾張に向けて出立する。

同じ三河にもかかわらず織田領の者らは表情が明るいのう。

「ほう。あれが噂の織田の賦役か」

「賑やかですな。やはり、飯を食わせる意味は大きいのでしょうか？」

「そうであろう。場所によっては秋の収穫を前に食べ物がなくなるからの」

途中で荒れた村を再建しておるところがあった。周辺の民であろうか。荒れた田畑を直して家を修繕しておる。

織田は賦役もまともに出来ぬとの噂があった。賦役にて人を集め仕事をさせるのは武士ならば当然のこと。報酬や飯を食わせる必要などないと考える者は少なくない。

賦役は税でもあり、それは間違ってはおらん。

「恐らくは民を食わせるために、このような賦役にしたのではないかと思う。放置すれば飢えるのだ。施すにしても働かせたほうがよいのは確かじゃからの」

「つまり賦役のために飯を出しておるのではなく、食わせるために賦役をやっておると？」

「うむ。民が飢えれば逃げたり近隣と争ったりと領内が荒れる。それに戦をするにも米と銭がかかるからの。ならば飢えぬように食わせて領内を整える。考え方としてはそんなものじゃろうて」

賦役に人を集められぬから飯を食わせるのではなく、飯を食わせるために賦役をやる。そう考えると納得がいく。

飢えは人心を荒れさせる。誰もが争い奪いたいわけではない。

今時は荒れた田畑など珍しくはない。されど直しておるところはあまり見ぬからの。誰もそこまでやる余裕はないのだ。

「それは織田が裕福だから出来るのでは？」

「それもあると思う。されどこのまま争うばかりでは、いかようにもなるまい？」

織田のやり方を理解出来ぬ者が、わしの家中にもおるとは情けないわい。民は草木とは違う。放置しておれば勝手に生えてくるわけではないのだぞ？

確かに今の北条家では難しい。周りに敵が多いからの。

「確かに……」

「こうして村の垣根を越えて皆で汗を流せば、争いになっても心証が変わろう。共に力を合わせてやれるのならば、それを選ぶ者も現れるであろうしの。効果は目に見えぬが大きい」

単なる損得勘定だけではあるまい。もともと敵国だった三河を治める上でこれ以上ない策でもあろう。

恐ろしい。織田は、とてつもなく恐ろしいことをしておる。

これで戦になれば、民は一向衆のように命を懸けて戦う死兵になるのではないか？　誰が飢える暮らしに戻りたいものか。

金色砲とやらの噂や、南蛮船ばかりが騒がれるが、この事実に気付かねば織田には勝てぬぞ。


そのままわしらは尾張に入り、途中の村で寺に泊まり、那古野へと到着した。

風魔の探った通り、那古野は普請や町の拡張が行われておって賑やかじゃな。昨年の今ごろはいずこにでもあるような城と村しかなかったと聞くが。

ああ、あれが噂の尾張たたらか。城のように堀と塀に囲まれた中で鉄を作っておるという。外からは中の様子は窺えぬが煙が絶えぬことと、大量の鉄の素となるらしい石と作った鉄を、熱田と那古野の間で運ぶ川舟が見られるらしい。

「殿。あれは……」

「随分と鉄を使った鋤じゃの」

尾張たたらは余所者には見せぬようで、風魔も潜入出来なんだ。見てみたいが難しかろうな。

しかし、那古野の町の拡張をしておる普請場には珍しいものがあった。鋤や鍬がほとんど鉄で出来ておる。

柄の部分は木のようじゃが、なんと贅沢な。

「使い勝手は良さそうですな」

「羨ましいの」

鉄は貴重じゃ。武具から農具に釘など使うものは多い。まさか尾張でふんだんに鉄を使った農具があるとはのう。

やはり織田は領内を整えることに力を入れておるな。南蛮船の利を戦より領内に使うか。

「そこの者。すまぬがここは神社かの?」

「いえ、違いますよ。こちらが久遠様の病院で、あちらが学校になります」

「そうか。わざわざ呼び止めて済まなかったの」

他にも那古野の外れには神社のような大きな建物があったが、あれが風魔の報告にあった病院なる診療所と学校か。

病院には武士ばかりか農民も訪れておる様子。久遠殿は貧しき者にも医術の治療をしておるとは聞いておったが、実際に来てみると驚くばかりじゃ。

学校も武士ばかりか民にも開放されておると聞く。

「殿。いかがされましたか?」

「そなたらもよく見ておくがいい。いずれ、そなたらは織田と戦うか同盟をするか従うか、選ばねばならぬ時が来るであろう」

違う。なにもかもが違う。南蛮船と商いの利など些細に思えるほどに違う。

今川では勝てぬな。織田はこのまま東国の一勢力で終わるまい。

良くも悪くも織田を中心に世が動くやもしれぬ。

父上が生きておったらいかに言われたであろうか。

side：久遠一馬

「それはなんだ？」

「味噌ですよ」

「ずいぶんと白いな」

「尾張の味噌とは違う味噌になります。味見をされますか？」

幻庵さんが今日にも清洲に来るので、清洲城ではエルとメルティが城の料理人たちと、もてなしの料理の支度をしている。

普通は身分の高い人は台所なんかに来ないけど、信長さんはよく来てはエルたちが料理する様子を眺めていることがある。

この日も見ていたんだけどね。いつもの豆味噌じゃなく白味噌を取り出したエルに、信長さんがさっそく興味を示した。

尾張はこの時代でも豆味噌なんだけど、一般的には糠味噌みたいなんだよね。元の世界ではさまざまな味噌があり、地方の独自の味もあった。

中には古くからあるものもあるようだが、あまり一般に普及しているわけではない。大半は戦国時代以降に全国に伝わり生まれたものらしいね。

正直、味噌も領民にとっては高級品になるのだろう。食べ物にも困るこの時代には豆味噌も安くないしね。だから、糠味噌なんてものもあるんだろう。

米糠ですら食べるような暮らしなんだ
今回は、宇宙産の美味しい味噌を使って、幻庵さんを驚かせようということにした。

基本的に料理の献立はエルたちに任せているけどね。

「これはこれでいいな」

気になったらすぐに食べたがる信長さんに、エルは味付けした白味噌を塗った焼おにぎりを出した。

ご飯はさすが清洲城ということで余り物らしいけど、焼おにぎりにしたらあまり気にならないし、味噌が香ばしくて美味しい。ついでにオレも食べちゃったじゃないか。でも、食べ物を余らせるなんて良くないからね。

今回の料理は複数の味噌料理で味の違いを楽しむ料理になる。

幻庵さんは数日ほど滞在するみたいだしね。初日は馴染みある味噌の違いで驚かせたい。

幻庵さんが到着した。ただ、今日のところは顔を会わせることはなく裏方に徹する。

今夜は信秀さんと政秀さんで接待するらしい。

幻庵さんがウチの事やオレにどの程度興味を持ち、どう見ているか見極めたいみたい。焦らすとも言えるけど。

「少し味が濃くない？」

「夏場のこの時期に旅をして来ましたからね。皆さん汗をかいているでしょう、少し塩分を取ったほうがいいですから」

今夜のメニューは西京焼き風の魚と粕汁に野菜の味噌炒めなどがある。

日頃から出汁を使い塩分を控えめにするエルにしては味が濃いけど、どうやら幻庵さんたちの体調を考えてのことらしい。

「これも美味いな」

「澄み酒を造る際に出る酒粕ですよ。古くからあるものですが、当家の酒粕はひと味違います」

粕汁は野菜や鮭が煮込まれていてご飯が進みそう。夏だし、鍋物みたいなのはどうかと思ったけど美味い。

ところで信長さん。味見で一食済ませることになりそうなほど食べているよね。

土田御前に見られたら行儀が悪いと小言を言われるのに。

今日は肉類や乳製品は使っていない。幻庵さんって一応お坊さんみたいだし。

さて。幻庵さんは元の世界の料理に驚いてくれるかな？

side：織田信秀

北条長綱か。三郎五郎からは油断ならぬ者だと急ぎの書状が届いたが。

それと、随分と若い小姓が控えておる。忍び衆の報告では夕ダ者ではないようだ。当人や周りは隠しておるつもりらしいが、長綱以外はまだまだ甘いな。

旅先でもただの小姓にしては周りの扱いが違うようだからな。北条一族の子であろう。

長綱め、食えぬ男のようだな。

「さすがは関東にまで名を轟かせておる弾正忠殿ですな。老骨にむち打ち来た甲斐がありました」

型通りの挨拶を済ませた長綱は旅の話を始めた。

小田原から駿河の様子は口にせぬが、駿河から尾張までは陸路で来たようだな、今川領の安定した様子を語りながら尾張の話に移るか。

「飢えぬように民を食わせておるようで、某も感服致しました」

「口の悪い者は、織田は銭を出さねばなにも出来ぬと言うがな」

「なんの。無益な戦をせずに食わせるのは、理想でございましょう」

最初に言うたのは民を食わせておることか。南蛮船や金色砲の話でないところに少し驚きを感じる。知っておるのであろうな。民を食わせる利を。尾張の中でさえ無駄だと考える者がおるというのに。

「民を思いやるは伊勢宗瑞公もしたこと。今更、珍しくもあるまい。領内の検地など、北条家には学ばせてもらっておる」

一馬が長綱を欲しいと言うたのも分かるな。検地のこともそうだ。北条の出自である伊勢家は政所執事にて足利を支えておる家だからな。

力で治めるのではなく、政で治めるのが得意と言えば得意なのか。その辺の鄙者武士と比べるほうが間違うておるわ。

「弾正忠殿にそう言うていただけるとは、亡き父も喜びましょう」

さて北条はわしにいかなるものを求めるのやら。

side：北条幻庵

織田弾正忠信秀。やはり並の男ではないな。

この場にて父上のことを持ち出すとは。これで北条の織田に対する印象は変わる。西堂丸を連れてきて良かったわい。

半分は世辞かもしれぬが半分は本音であろう。思い当たる節はあるからの。

「凄い……」

「ほう。これはまた……」

守護の斯波様への目通りは明日になった。今宵は弾正忠殿と平手殿などと会食することになるようじゃ。

まずはと運ばれて来た膳が目に入れば、途端に西堂丸め、不調法にも声を出しおって。素性を明かさぬという約束を忘れたのか。

　だが、それも仕方ないの。運ばれてきた酒は見知らぬものに入っておった。

　透明で中の金色酒が透けて見えるあれはなんなのだ？　焼き物ではあるまい。

「ささ、一献」

「これはいかなるものでございましょう？」

「それは硝子という南蛮渡来の品でしてな」

「素晴らしい。金色酒とはこれほど美しいものだったとは……」

　硝子の徳利と硝子の盃は、この世のものとは思えぬほど美しく輝いておる。

　蝋燭の炎に照らされながら平手殿に金色酒を注いでもらった硝子の盃には、わしでさえ興奮が抑えられぬようじゃ。


「これは……」

　明や南蛮の料理が尾張にはあると聞いたので期待したが、料理は一見すると見覚えがあるものかの？　いや、味噌汁は色が少し違うか。

　なんだ？　この味噌汁は。そもそもこれは味噌汁なのか⁉

　家臣や西堂丸もざわつき顔色が変わっておるわ。

　味噌の風味はある。されど塩辛さなどの雑味はない。なにかの奥深い味はあるが、まさかこの歳で一杯の味噌汁に驚かされるとは。

しかも具は鮭ではないか⁉　高価な鮭を贅沢に味噌汁の具にするとは。だが美味い。鮭の味がなにか分からぬ深みに絶好の彩りを添えておる。

「それは粕汁という料理でございます。詳しくは某も存じませぬが澄み酒を造る際に生まれるものだとか」

「ほう。それは知らなんだ。尾張にはこのように美味い料理があるとは……」

「いや、今宵の料理は久遠殿の差配によるもの。某や殿も初めてですな」

姿が見えぬので残念に思うておったが、まさかここで久遠殿の名が出るとは。

若さを侮る気など毛頭ない。されどわしの思惑をこうも容易く超えてくるとは……。

料理とはただの飯ではない。その者の生まれや知恵に文化にも通じるというもの。

「これもまた味が違いますが、味噌ですかな？」

「今宵は味噌で趣向を凝らしました。久遠家には某も知らぬ味噌が幾つかあるようでしてな」

当然ながら汁だけではなかった。

魚は鯛のようじゃが味噌漬けにしてある。じゃがその味噌が甘うてなんとも言えぬ美味さじゃ！　鯛の味を決して損なわぬこの味噌は、汁の味噌とまったく違う。

むっ⁉　菜もやはり違うの。こちらは少し辛みがある。野の菜を焼いたのか？　いやこれは油か？　少し辛みのある味噌がまた野の菜の甘さによく合う。

じゃが、この細く短い野の菜はいかなるものであろうか。

「それは毛也之（もやし）でございます。本来は薬なのですが久遠殿はよく料理に使いまする」

なんと！　毛也之を料理に使うのか⁉

歯応えがよく確かに美味い。贅沢というならばこれほど贅沢な使い方はそうはあるまい。

良かった。本当に来て良かった。

これは自ら来なければ決して分からぬものであったろう。

ただ銭があるだけではない。

織田を敵に回してはならぬ。なにがあろうとな。

予定にはなかったが、西堂丸には明日にも正式に挨拶をさせるか。

side：北条西堂丸

大叔父上の小姓のふりをして尾張に行けと父上に命じられた時は、正直驚いた。

当然ながら母上や近侍の者は危ういと異を唱えたが、父上や大叔父上は北条を継ぐ者として、今川や織田を知らねばならぬと押しきった。

今川はよく知らぬが、織田は知っておる。船で酒や砂糖を持ってくるところだ。

男たちは酒が飲めると喜び、女たちは甘い菓子が食べられると喜んでおったからな。

旅は驚きと楽しさの連続であった。

途中、貧しき村や荒れ果てた田畑を見た大叔父上は、いかんとも言えぬ顔をされておった。

他国のしかもこの間まで敵対しておった今川の領地であり、他の者も何事かと見守っておったが、世が乱れねばここも穏やかな村だったかもしれぬとおっしゃった時には、皆が大叔父上を尊敬しただろう。

そして目的の地である尾張は、相模や駿河とはまったく違っておった。

民は武士を信じ、武士は民を守り食わせておる。曾祖父の宗瑞様のようだ。と大叔父上が呟いた時、皆が驚いておったほどだ。

荒れた田畑を皆で直しておるのも、織田領に来て初めて見た。

また、病院なる大きな診療所にて武士から民まで富める者も貧しき者も、分け隔てなく医師による治療が受けられると聞いた時には、にわかには信じられなかった。

北条は織田より劣っておる。そう言われたようで悔しかった。

『そなたらもよく見ておくがいい。いずれ、そなたらは織田と戦うか同盟をするか従うか、選ばねばならぬ時が来るであろう』

大叔父上が病院なる診療所と学校なる学び舎を見て、おっしゃった言葉が忘れられぬ。

北条はいつか織田と戦うのか?

負けぬ。絶対に負けぬ。

されど戦をせずに済むのなら、それもまたいいのではないか?

分からぬ。決めるのは父上や大叔父上だ。

だが……いつか北条を継ぐ時が来たら、相模をこんな領地にしたい。そう思える。

side：久遠一馬

「へぇ。病院に学校も先に見に行ったのか」

「はっ。風魔もおるので会話までは聞けませんでしたが」

幻庵さんたちの料理の支度も終わり那古野の屋敷に戻ると、夕食を食べながら忍び衆と共に一行を離れた場所から護衛していた一益さんの報告を聞いていた。

実はエルたちの提案で道中には、忍び衆を護衛に付けていたんだよね。今川が織田領で幻庵さんたちを狙うかもしれない。そんな僅かな懸念があったためだ。

結果として懸念は杞憂に終わったが、織田と北条の関係を拗らせたいのならば確かにあり得たことだろう。

もっとも今まで動かなかった義元が、そんな安直な手を使うことはないと思うけど。とはいえ今川や三河も必ずしも一枚岩ではないからね。織田と北条の関係が悪化することを望んでいる者もいるだろう。

「北条駿河守殿。噂以上のようですね」

さすがに織田領に入る前までは忍び衆を付けていないが、幻庵さん一行の動きを知ればタダ者でないのが分かる。

報告を聞くエルの顔色が僅かに変わった。

史実は貴重な情報源だけど、あまりこだわると足を掬われるからな。信秀さんと道三がいい例だ。オレたちが動いたからと言えばそうなんだけど、人は環境や周りの人に影響されて変わる。信秀さんは明らかに史実とは違う考え方になっている。

だからこそエルたちは積極的に人を雇い派遣して、話を拾い世情を探り、商いでものの値動きから思惑を計り、偵察機を飛ばし直接情報を集めているんだよね。

「近頃になり関東のことを学んでおりますが、関東も混乱続きのようですな」

「状況は畿内と通じるものがあります。関東を治める古河公方と、もともとは古河公方の下に付くはずの関東管領は混乱のもとでもあると」

一緒に食事をしているのはオレやエルたちの他に、資清さん、望月さん、太田さんと一益さんになる。現状でウチの重臣と言えるのはこのメンバーだろう。

ただ問題なのは、ウチに関東の情勢に詳しい人が誰もいないことだ。言い方が適切か分からないけど、関東は遠い外国みたいな感じなんだよね。尾張からだと。

無論、本来は将軍の代わりに関東を治めるはずの古河公方や、その配下だった関東管領は知ってはいる。しかし、詳しい事情まではよく分かっていない。

関東に忍び衆を派遣して調べさせたり、前にウチに鞍替えしようとした風魔から話を聞き出したりしている段階だ。

物知り政秀さんも大きな戦や争いは噂程度に知っているが、そこまで詳しい事情は知らないから困ったもんだ。

正直、室町幕府の歴史は争いばかりなんだよね。家督継承に絡んだ争いとか。

史実の徳川はよく太平の世を築けたと思う。織田や豊臣と積み重ねがあったのは理解するけどね。

「北条はどう？」

「苦しいのは苦しいようでございますが、領民の評判は悪くありませぬ。それに古河公方と関東管領家の連合軍を破った実績は大きいかと思いまする」

「左様ですな。他にもいろいろおりますが、対今川もありますれば関東で誼を結ぶなら北条家が一番でございましょう」

「しかし、あまり北条ばかりに肩入れしては、他から恨まれまする。安房の里見と常陸の佐竹などの反北条とも、商いを通じて誼は結ぶべきでございましょう」

まあ関東の歴史はいいや。問題は、北条の評価と見通しだ。河越城の戦いで古河公方と関東管領上杉なんかの連合軍に勝った実力は確かか。

北条との関係強化に反対意見はない。ただし、太田さんは関東の対立に久遠家と織田家が巻き込まれないように、反北条の勢力とも商いをするべきだと口にした。

外交センスは太田さんが一番かもしれないね。資清さんとか望月さんも考えていたのかもしれないけど。

「そうですね。現時点で北条との正式な同盟はないでしょう。北条としては今川を追い詰めて、再び古河公方様や関東管領殿と結ばれても困るので。ですが、正式な同盟ではなく単純な商いは構わないでしょう」

西の畿内よりは、東の関東に商いを広げたほうが楽なんだよね。競争相手の明や南蛮人が来ないから。ただ、関東以北に行くには難所があって、既存の日ノ本の商船だと無理らしいのがまた問題なんだ。

関東以北に行くにはウチの船か、佐治水軍の新造の和洋折衷船と西洋式航海術が必要になる。佐治水軍に任せたいな。他の船が無理なら独占して儲かるのでやってくれると思う。

「仮に今後、北条と正式な同盟を結ぶとしても、そのときにこちらの商いに口を挟むならば交渉材料になります。どちらにしても商いは東に進むべきでしょう」

エルは現時点での北条との正式な同盟はないと見るようだ。しかも、将来的な同盟の際の交渉材料まで考える辺り、資清さんたちを驚かせている。

問題は北条と結べば将来の上杉謙信。現在の長尾景虎と対立する可能性があることか。領内統治だけを考えるのなら、謙信より北条のほうが上なんだけどね。

ただしこの時代の同盟と敵対は、当たり前にコロコロと変わるからな。特定の人物だけを意識しなくていいか。

side：北条幻庵

「遠路はるばるよう来た。北条は先年には古河公方と関東管領を破ったそうじゃな。せっかく来たのだ、戦の話を聞かせてくれぬか？」

翌日には尾張の守護である斯波武衛様に挨拶をすることになった。織田に傀儡にされておると聞いておったが、まさか河越城の戦いについて聞かれるとは……。

「はっ。お望みとあらば……」

「ああ、わしは古河公方にも関東管領にも味方しておらぬ。無論、北条の立場を悪くすることなどせぬからな。ただ興味があるだけじゃ」

一昔前までは絶大な権力を持つ三官領家であったものが、今は尾張守護でしかなくそれも傀儡と聞く。腹に抱えるものがあるかと思うたが少し感じが違うの。

わざわざ北条の立場に言及するとは、自身の立場と身を守るためか、それともわしへの気遣いからか。分からぬな。

「関東も相変わらずよのう」

わしの語る話を聞かれた斯波武衛様は呆れたような表情をなされた。変わった御方じゃの。

誰に同情するわけでもなく誰を非難するわけでもない。他人事と言えばそれまでじゃが。

「戦は武士の本分とも言えるが、後先のことなど一切考えずに戦うは獣と同じではないか。のう。弾正忠よ」

「耳が痛いですな。某も先日、戦をしました故に」

「そうであったな。そなたは戦もその後の始末も上手い故に忘れておったわ」

なんと。傀儡と思われる武衛様と横に控える弾正忠殿は、気を許したように共に笑い声を上げて話しをしおった。

このふたりはいったい……。

「驚きかの？　わしと弾正忠の様子が」

「それは……」

「過ぎ去りし栄華ばかり見ても仕方あるまい。将軍も誰も斯波の家を守ることなど気にかけることもせぬのだ」

そうか。この御方はすでに足利家に失望し見限ったのか。

「筋を通すことも義理を通すことも忘れた足利に先などない」

「守護様。さすがにそれは……」

「そうであったな。駿河守。今の言葉は忘れてくれ」

「はっ」

この乱世にこのような御方がおるとは。太平の世ならば、さぞご活躍されたであろうに。

筋と義理か。現実を知らねば傀儡と非難するのは容易いが、確かに言うことは間違ってはおらぬ。

正直、戦などもうなくなればよいとの思いはわしでもあるからの。

それにしても羨ましい限りじゃな。

双方ともに油断は出来ぬかもしれぬが、本当に後先など考えぬ者よりは遥かにいい。

当分は安泰ということか。

あとは久遠家がいかなるかというところか。会いたいの。明や南蛮を知る久遠殿に。

久遠殿を見極めることが出来れば、尾張が今後いかがなるかが分かるはずなのじゃが。

side：久遠一馬

幻庵さん率いる北条家御一行は二日目の午後になると、ウチの病院にやって来た。どうも、幻庵さんの希望で病院と学校の視察に来たみたい。

「よくおいでくださいました。私は久遠一馬。通称はないので好きにお呼びください」

信秀さんに幻庵さん一行を案内するようにと言われたので病院の前で出迎える。通称はないと言うとギョッとしたような顔をされたけど気にしないでほしい。

ただ、幻庵さんだけは驚くことはなくじっと見てくる。思っていた以上だ。オレへの興味を隠しもしないなんて。

病院は今日も多くの領民で賑わっている。

領民は、武士・農民・僧侶ばかりか河原者に至るまで受け入れているからね。

「銭を取らずに見ておるのでしょうか？」

「はい。貧しい者からは銭を頂いておりません。余裕のある方には気持ちばかり頂いております」

入り口にて刀などの武器を預かって敷地に入ると、農民なんかが手足を洗っている姿が見られる。決して裕福ではなく、本来ならば医師どころか祈禱も頼めない身分の人も多い。その姿に驚く北条家御一行の皆さん。

最近では三河や美濃の織田領はもちろんのこと、織田に臣従している三河や美濃の国人衆の領民もやって来るようになった。さすがに向こうから来るのは、それなりに余裕のある人がほとんどだけど。

「幼子と年寄りが多いですな」

「幼子は特に早めに連れてくるように言っております。ギリギリまで我慢させては助からない場合がありますから」

患者で多いのは子供とお年寄りだ。

中でもケティは領内を回る紙芝居に、子供は早めに病院に連れてくるようにとの広報活動をさせている。時代的に仕方ないんだろうけど悪化してから連れてくる人が多いんだよね。

「医師は、今のところ私の妻がしております」

病院の中に入ると待合室にいる患者たちが見知らぬ北条家御一行に頭を下げた。少し静まり返ったのは織田の武士じゃないと理解したからだろう。

オレや信長さんだけだと、みんな声を掛けてくれるからね。

「妻のケティです」

「随分と若いな……」

「こら、無礼なことを申すな！　久遠殿。申し訳ありませぬ」

「いえ。お気になさらずに」

診察している様子を見せて、今日は病院の当番をしていたケティを紹介するも、十歳くらいの若い小姓が何気なく呟いた一言に幻庵さんが強めの口調で叱った。

この子が例の北条一族の子だろうね。幻庵さんに怒られてビックリしている。

ただ、オレが侮辱されたと受け取れば外交問題になるからなぁ。

「ケティは幼い頃から両親に医術を学んでいたんですよ」

「やはり南蛮の医術を学ばれたのですかな？」

「元になったのは南蛮や明の医術ですが、ケティの一族が考えた医術も多いと聞きます。元は南蛮から来ましたが私の父が保護しましたから」

まさか幻庵さん相手に、医術の辻褄合わせを語る羽目になるとは。ただ、言い訳は前々から考えていたことだ。

一族の秘伝というのはこの時代だと珍しくないからね。ケティやパメラは医術に長けた一族ということにしてある。

「よろしければ、どなたか診てみましょうか？　ケティは殿も診ておりますので優秀ですよ」

「では、わしを診ていただけますかな」

せっかくなんで誰かケティに診察してもらおうかと声を掛けると、幻庵さんが名乗りを上げた。

幾つか問診をした後には、この時代だと他では見られない聴診器を使うケティを幻庵さんは不思議そうに眺めている。

「健康そのもの。まだまだ長生きする。ただ、虫下しは出しておく。それよりそこの貴方。診察するから来て」

「えっ⁉」

「診てもらいなさい」

「はっ、はい」

幻庵さんはやはり健康らしい。そりゃ史実だと長生きするからね。しかし、そんな幻庵さんより、ケティは北条一族の子に声を掛けて診察を勧めていた。

「貴方、少しお腹が弱い？」

「はっ、はい。少し……」

「薬を出しておくから飲んで」

ケティが診察して結果を口にすると幻庵さんは平然としているが、御付きの人からはどよめきが起きた。正直若い小娘になにが分かるのかと考えていた者も多いのだろう。

というかこの子の診察の話をした時にもお付きの家臣が緊張したのが分かる。幻庵さんの子か孫じゃないな。こりゃ。

エルは史実の氏政か、若くして亡くなったその兄の新九郎じゃないかって言っていたけど。そんな気もするね。

side：北条幻庵

わしは接待役の平手殿に、那古野の病院と学校が見たいと頼んでみた。無理かもしれんがあれが気になった。それにあそこに行けば久遠家の者に会えよう。

結果から見ると久遠一馬殿に会えた。

背は高いが少し線が細いようで、武芸に秀でたようには見えぬ。ただ垢抜けておると言えばそうなのかもしれぬ。あまり苦労をしてきたようには見えなんだ。

他の者も噂の久遠家の当主があまりに凡庸なため拍子抜けしておるようじゃの。

しかし、病院なる診療所に関しては驚くことが多かった。

貧しき者も武士も僧侶も同じように診察を待つ姿には、驚きを通り越して信じられぬものがあった。そもそも武士ならば医師を呼ぶのが常であろうに。

そしてもうひとり。久遠家で関東にも名が知られておる者に会えた。

久遠殿の奥方の薬師の方。昨年の冬に起こった流行り風邪を見事に収めた久遠家の女医師。

織田弾正忠殿の信も厚いと言われ、流行り風邪の際には並みいる武士を自ら指揮したのは尾張では有名だとか。

かの者の不興を買った大和守家の家臣は、弾正忠殿の逆鱗に触れて冷遇され追放されたというのだから尋常ではない。

しかも、医術の腕は確かじゃ。西堂丸が生まれつき腹が弱いことを見抜きおった。北条家でも知らぬ者がほとんどであることを。

出来ることならば誰ぞ弟子に出して学ばせたいが、一族秘伝の医術と言われると今は無理かの。

「ここが、学校になります」

わしらはそのまま隣接する学校に案内された。

「何故、病院なる診療所と隣り合わせなのか、聞いてもよろしいか？」

「それは災害などが起きた場合に、ここを避難所にするからですよ。それと流行り病のときなどにはここも病院として使う予定です」

足利学校は見たことがあるが、ここはそれとは違うの。僧籍に入らずとも武士や民を受け入れておるようじゃ。

それに、病院と一体で運用をすることも想定しておるとは……。

中も変わっておった。床几に似た椅子なるものに座り、黒い板に白い墨で書くことで教えておる。

「書物など多いのですかな？」

「どうでしょう。日ノ本の外の書物は当家で訳しましたが、なかなか集まらぬものもありますね」

「某、実は古典書物を幾つか持っておりましてな。写本でよろしければお譲り致しますぞ」

気になったのは書物などをいかがしておるかじゃが、南蛮や明の書物を自ら集め訳しておるとは。

これはよい機会じゃ。

「本当ですか？　では、こちらも明の書物など写本してお譲りします」

「それは、願ってもないことですな」

初めから対価を求める気はなかったが、すぐに対価を提示してきたか。判断力もあり決断力もある。やはり弾正忠殿の知恵袋はこの男かの。

織田と北条が誼を結ぶ意味を理解しておるようじゃ。それにこの場で書物を譲ると言えるだけの地位でもある。

あまり堂々と同盟を結べば今川や周辺の国を刺激してしまうが、両家で交流して誼を結ぶことは今後の大きな利になる。

それと見過ごせぬのは家臣と西堂丸は呆気に取られておるが、久遠殿の家臣は驚いておらぬことか。新参と聞いておったが家臣もなかなかの者のようじゃ。

織田領に入って以降、わしらの周囲におる甲賀者らしき素破も、久遠殿の手の者であろう。敵意はなく目的は監視と護衛といったところか。

今川を気にしておるのであろう。わしもここに来る途中に今川の館に寄り釘を刺してきたがの。織田としても領内でわしらになにかあれば困るのは確かじゃ。

side：久遠一馬

学校の案内も無事に終わった。まさか幻庵さんから写本の提供をしてくれるとは。ならばこちらも写本を提供する必要がある。

この時代の書物は写本といえど本当に貴重だ。とにかく数が少なくて持っていても出し渋るからね。それをあっさりくれるとは驚いた。他の北条家の皆さんも驚いていたほどだ。

一方的な貸し借りは良くない。信秀さんは氏康さんと交流しているらしいし、このままウチは幻庵さんと交流していこう。

外交チャンネルは多いほうがいい。ましてや、相手は北条家だからね。

「初めまして。エルと申します」

病院と学校の視察も終わったので、休憩を兼ねて幻庵さんたちを那古野のウチの屋敷に案内した。畳の敷いた応接間に案内して、井戸で冷やした麦茶と水羊羹を出す。

麦茶と水羊羹を運んできたエルが挨拶をすると、北条家御一行が驚きの表情を見せた。ケティは割と日本人的な容姿だからね。ブロンドヘアのエルには驚いたんだろう。

「……甘い」

「なんと瑞々しい」

麦茶は麦湯という名でこの時代にもあるから驚きはないだろう。ただ、水羊羹には驚いてくれたみたいだ。

夏だしね。見た目からして涼しげな水羊羹はウチでも人気のおやつだ。

「あそこの子らは久遠殿の血縁の者ですかな」

「いえ、家臣の子たちですよ。ウチでは子供たちに武芸や学問を教えています」

吹き抜ける風に揺れる風鈴の音が心地良い。

幻庵さんは庭で相撲を取る子供たちに視線が移ったみたい。相手をしているのは信長さんと慶次だ。信長さん、着替えて挨拶すればいいのに。

「良き光景じゃ。そなたらもしかと見よ。子らの笑顔を。よいか、そなたらもあのような笑顔を与えられる武士となれ」

ただ幻庵さんはそんな相撲を取る光景を微笑ましげに見ながら、家臣の皆さんに言葉を掛けている。

やっぱり並の武士じゃないね。伊勢家出身にして関東の雄である北条家の幻庵さんが子供と家臣に対して、氏素性の怪しいウチを見習えなどと言うのは恐ろしくすら感じる。

この人が史実にない尾張を訪問した意味は大きいのかもしれない。

もしかしたら歴史を変えるほどに。

休憩すると夕方までもう少しだ。幻庵さんたちを工業村の外にある銭湯町に案内する。ここは、今も拡張し続けているんだよね。

最初は、銭湯と旅人のための宿屋はウチで建てたけど、他には飯屋に遊女屋なんかが出来ている。それらはウチではなく他の人たちが建てた店だ。

人が増えれば民家も出来るし、周辺の村からは野菜なんかを売りに来る人もいる。うまい具合に発展している。

「まさか風呂屋まであるとは……」

「今日は貸し切りに致しました。ごゆっくりどうぞ」

領民のみんなには申し訳ないけど、北条家御一行のために今日は午後から貸し切りにしてある。この時期は夏だしね。行水でも十分だから、お客さんの入りはそんなによくない時期なんだけどね。

ちなみに、以前にも説明したけど外の銭湯はお金を取っているが、工業村の内部の銭湯はタダにしてある。内部は福利厚生の一環だからね。

「広い。このような風呂まであるとは……」

「民が風呂に入るには、このような場所が必要ですからね。身を清めると病に罹りにくくなるそうなので」

銭湯では普段は金色酒やエールに簡単なつまみも出している。別にオレが指示したわけじゃないけどね。ここは家臣に任せていたらそうなった。

金色酒は尾張でも少し値が張るがエールは安いので人気だ。銭湯自体はみんなが入れるようにかなり安くしたから、少しでも収入を増やそうと考えてくれたみたい。

幻庵さんたちは贅沢なお風呂を領民に開放していることに驚いているけど、高炉の廃熱利用だと気付くかな?

さすがにそこは教えてあげないよ。

side：北条幻庵

久遠殿の屋敷に招かれるとは予想外じゃったの。屋敷を見れば分かることも多い。

屋敷は意外に見慣れたものと同じであったが、畳の間に財力が窺える上に、現れた南蛮の奥方にはさすがに度胆を抜かれたわい。

話には聞いておったが、本当に髪の色が違う。

それになにか気になるの。このエルの方という奥方は。

まあいい。それより重要なのは庭で相撲を取っておった幼子らじゃ。いい笑顔をしておる。あれこそ、皆に教えねばならぬことだ。

誰もが好き好んで下剋上をして戦をしたいわけではない。家のため、生きるためにしておるのだ。幼子は素直じゃ。久遠殿が家臣といかに上手くいっておるかが分かる。あの子らが大人になれば久遠家はさらに強固になるであろう。

惜しい。本当に惜しい。北条家は千載一遇の好機を逸したの。北条家に来てくれたのなら、城と湊を与えても惜しくはない。

じゃが、久遠殿が織田を裏切ることはなかろう。織田も決して久遠殿を粗略に扱ってはおらぬ。城こそ与えておらぬが地位を与えて商いは思うままにさせておる様子。

過ぎたことを悔いても仕方ないの。織田家と久遠家が磐石なのが分かっただけでもよしとせねばなるまい。


久遠殿の屋敷で休憩をしたのちに、わしらは噂の尾張たたらの近くまで案内された。

塀があり中の様子は窺えぬが、塀の外にも小さな町がある。

中は久遠家のもたらした南蛮のたたらがあると噂じゃが、それはまあいい。驚くべきは周囲に風呂屋まであることであろう。

湯を沸かすのに多くの薪や炭を使う風呂は贅沢なもののはず。それを僅かな銭で民に開放するとは。

ここまでする意味はなんなのだ？　久遠殿が言うように病に罹りにくくするためか？　それだけ

のために風呂を？

「中も広いですな」

「まるで温泉じゃな」

風呂は湯船も広々としておって、まるで温泉のようじゃ。恐らくは多くの民が入れるようにするためであろうが、この湯を常に沸かすのにいかほどの銭がかかる？

なにかからくりがあるとみるべきかの。

「城か寺社のような病院なる診療所と足利学校を真似た学校に尾張たたら。織田は凄いですな」

「よいか。物事は多くの立場から見ねばならぬ。ひとつひとつに惑わされてはならぬのだ」

そうじゃ。ひとつのものに惑わされてはならぬ。わしとしたことが惑わされておったわ。

思えば何故清洲ではなく、那古野の尾張たたらの近くに風呂屋はあるのだ？　人を近付けたくないならばおかしいではないか。

まさか……、たたらの火で湯も沸かしておるのではあるまいな。

そのようなことが出来るのかわしには分からぬが、南蛮の知恵ならばあるいは……。

「わしらは運がいいのやもしれぬ」

「大叔父上？」

久遠殿が尾張に来て僅か一年でこれじゃ。十年も経てばいかがなる？　勢いが落ちるならばいい。じゃが久遠殿の勢いが続くかさらに増したらいかがなる？

思えば父上が駿河の客将だった時。誰が今の北条を予期していた？　誰も予期しておらなんだろう。

織田にはまだ尾張一国に三河と美濃の一部しか領地はない。しかし織田が美濃・三河・伊勢のうち、一か国でも落とせばいかがなる？

三河と美濃は落とせぬわけではあるまい。

「西堂丸よ。そなたは今夜、弾正忠殿に挨拶を致せ。正体を隠しておったことはわしが詫びよう」

「大叔父上。よろしいのですか？　父上との約束がありますが……」

「それもわしが殿に説明する。よいか。西堂丸。信義を忘れてはならぬ。織田家との付き合いは長くなるのじゃからな。織田のよきところを学ぶのじゃ」

仮に織田がいずこかで躓いたら、その時はその時じゃ。

無論、織田が畿内に進み天下を鎮められるかは別の話になる。しかしこのまま終わるとはわしには思えぬ。

十年後。わしが生きておらなくてもいいように、西堂丸には織田殿と久遠殿と誼を結ばせねば。

天文十七年、夏。北条長綱が尾張を訪れている。

急速に拡大している織田を、自ら見極めるために尾張へ行ったのだという記録が残っている。

この当時の北条家は河越城の戦いにおいて勝ったものの、その直前には第二次河東一乱で駿河河東を失っており、四方を敵に囲まれていた。

西の今川からは北条氏康が正室を迎えていたが、第二次河東一乱の影響で今川とも関係が悪化していたことから、さらに西の織田との関係を強化したいと考えていたと思われる。

北条氏康はこの以前から織田信秀と手紙のやり取りをしていたとの記録もあり、また久遠家の南蛮船の噂はすでに関東まで届いていたことから、その力と影響を見極めたいと長綱が言っていたと伝わる。

一方の『織田統一記』や『久遠家記』には、長綱が武勇に優れた人物であると書かれていて、大きな注目を集めていたことが伺える。

織田家では大智の方こと久遠エル自らが、長綱一行の歓迎の宴で出す料理を作っている。久遠家の料理は当時の日ノ本の料理と比較しても別格であり、織田家でも特別なものだった。そこから見ても織田家の力の入れようが分かる。

皇歴二七〇〇年・新説大日本史

第八章　宴の席にて

side：エル

司令が北条家御一行を銭湯町へ案内するために屋敷を出ると、私は清洲城に来ました。今夜の宴の料理を作るためです。

無論、清洲城の料理人が先に支度をして作っていますが、私もお手伝いをすることになっているのです。

「北条駿河守殿はどうでした？」

「想像以上ですね。こちらの手の内をどこまで読み解くのか」

先に料理を手伝っていたシンディに問われて、北条長綱殿の印象を話します。北条幻庵という名のほうが知られているでしょうか。史実においては、彼の死後ほどなくして北条家は豊臣秀吉に敗れてしまいます。

歴史の偉人。それに相応しい人と言えるでしょう。ただ、思っていたよりも柔軟な思考が出来る油断ならぬ人だと感じました。

「それは楽しみですわね」

「楽しみなのか？」

「これは若様、少し失言でございましたわ。ですが相手が愚か者よりは賢き者のほうが面白いと思いませんか？」

油断ならぬ相手のことを楽しみだと笑みこぼしたシンディに、先程から調理を眺めておられた若様がその真意を問うてきました。

シンディの言葉は失言と言えば失言でしょうか。とはいえ他国の優れている者と接することが出来るのは、決して悪いことではありません。

敵となれば油断ならぬ相手でしょうが、知恵者であり柔軟な思考の持ち主ならば、こちらも相応の態度で付き合えます。

「そう言われると、そうであるな」

「多くを学びたいのはこちらも同様ですわ」

そう、シンディばかりでない。私も長綱殿から学べることは学びたいと思います。若様もそんな私たちの考えを理解したのか、納得していただけました。

この世界では司令の元の世界で有名な、北条家、武田家、今川家による三国同盟の成立は阻止したいですね。

三国同盟が成立しなくて困るのは今川と武田でしょうか。北条は織田と誼を深めると西の今川を封じることも出来る。十分阻止出来るはずです。

北条長綱殿の動きは私たちが狙ったものではありません。これがこの先にどう影響するのか注意深く見極める必要がありますね。

side：久遠一馬

貸し切った銭湯の一部屋で幻庵さんたちがお風呂に入っている間、のんびりと待つことにした。

「セレス、どう思う？」

「敵になれば手強い相手でしょう。ですがこちらとしてはやりやすいかもしれません」

一緒に来ているセレスに幻庵さんたちの感想を聞いてみるが、やりやすいと言うと侍女として来ているお清ちゃんが驚いている。

「賢い者のほうが、お互いに理解出来るかもしれませんので」

理解出来ないお清ちゃんや護衛のみんなにセレスが分かりやすく説明すると、みんな感心した様子になる。

実際そう単純じゃないのは、オレもセレスも理解している。とはいえ話せる相手って大切なんだよね。この時代だと氏素性の怪しい人なんて相手にしないことがよくある。

「やっぱり現状だと敵対するほどの理由はないんだよね。お互いに」

幻庵さんがこの時期に尾張に来るなんて、史実にはないことだ。そもそも織田家の状況も変わっているからね。当然だけど。

この時代は直接会うことはリスクがある。殺されても迂闊だったと言われる時代だ。もっとも敵対もしていない相手を安易に殺す人はあまりいないけど。

歴史上の偉人である人と会う機会は貴重であり、今後のオレたちの行動にも影響するだろう。

今夜の接待メニューは、豆腐のステーキ・豆乳の味噌鍋・がんもどきと旬の野菜の煮物・揚げ出し豆腐・おいなりさんになる。

本当はおでんにしようかと思ったんだけどさ。大根がこの時期ないんだ。大根の入っていないおでんなんて間違っても普及させられない。

斯波義統さんや織田一族に重臣の皆さんが集まった北条御一行歓迎の宴なんだ。

それにしては質素に感じるけど、豆腐はこの時代ではお坊さんなんかが作る手の込んだ料理になるみたい。扱いとしては贅沢品になる感じかな。

「実はひとつ皆様に詫びねばならぬことがございます。ここにおりますのは、我らが主、北条左京大夫氏康様の嫡男、西堂丸でございます。西堂丸。挨拶せよ」

「はっ！　北条西堂丸でございます！」

東の空には一番星が見える頃、集まった皆さんを前に幻庵さんは突然頭を深々と下げると、謝罪をして例の子供に挨拶をさせた。

やっぱり史実だと早くに亡くなった新九郎か。小姓にしては態度がおかしかったもんね。

「騙すようなことをして申し訳ありませぬ。すべては西堂丸に噂に聞く尾張を見聞させたかった某の責任でございます。どうかこの一件は某の罪として、北条家と西堂丸はお許し頂けますようにお願い申し上げまする」

「なんじゃ。突然、頭を下げたかと思えば。かようなことか。構うまい。のう弾正忠よ」

「はっ。守護様のおっしゃる通りかと。某も先日には倅の三郎を伊勢に赴かせました。気持ちはよく理解致しまする」

なんというか驚くほど深刻に謝罪する幻庵さんに皆さんは驚いていたけど、義統さんと信秀さんは少しホッとしたような笑みを浮かべた。

あまりに深刻な表情で謝罪したので不安になったんだろう。オレも何事かと思って焦ったよ。

「しかし、北条家の嫡男に他国を見聞させたいと連れてくるとは。駿河守殿もなかなかやりますな」

「左様ですな」

「城と所領だけを見ておればよい時勢ではない。久遠殿を見ておるとそう感じる。まさか相模の北条家にも同じような考えをする御仁がおるとは……」

織田家中の皆さんの反応は悪くない。伊豆・相模に武蔵も半ばまで領有する北条家は格上の大名だ。

そんな北条家が尾張を見聞させたいと嫡男を連れてきたことは、織田家中の皆さんの誇りを刺激したのかもしれない。悪い気はしないのだろうね。

ただ、中には同盟国でもない駿河や尾張に嫡男を連れてきた幻庵さんの力量に気付いた人もいるみたい。

それより、城と所領だけを見ておればよい時勢ではない。そう語る武士がこの段階の織田家にいることにオレは驚きを隠せなかったが、西堂丸君のことに驚いていると思われるんだろうな。

「今宵の料理は豆腐にこだってみました。お口に合えばいいのですが」

なんか最近だと織田家の集まりには、ウチが関与した料理が多く出るから評判がいいらしい。

やはり正月に信秀さんが出した料理の影響だろう。

今夜は豆腐料理に合わせて清酒も用意した。夏だから冷酒だけど飲んべえの皆さんは喜んでくれているみたい。

そういえば幻庵さん。昼間にウチで子供たちに相撲を教えていたのが信長さんだって気付いたかな？

時代劇なんかだと言われないと気付かないいんだが。気付いてもこの場で指摘はしないだろうけど。

ああ、西堂丸君には飲み物として冷やし飴を用意した。ご飯に合うかは微妙だけど子供も飲み物は欲しいかなって。お酒よりお腹に優しいはずだ。

side：北条幻庵

なんとか西堂丸の件は乗りきったか。それにしても斯波武衛様は惜しいの。関東に来て鎌倉で公方にでもなってほしいくらいじゃ。織田も手放さぬであろうがの。

今宵は澄み酒か。久遠家が僅かばかり造っておるが売り出してはおらず、織田家中に下賜されておると聞くあれか。

こっ、これもまた美味い酒じゃの。いかにして造っておるか知らぬがこれほど甘くすっきりした酒があるとは。

「西堂丸。そなたは飲みすぎるなよ」

「大叔父上。これは酒ではないような……」

「なんじゃと？」

「西堂丸殿の飲み物は酒ではありませんよ。水飴に生姜を加えて水で割ったものです。美味しいですし、身体にもいいものです」

美味いが少し酒精が強いの。西堂丸に気を付けるように言うたが、まさか西堂丸は違うものを飲んでいようとは思わなんだ。

こういう細かい気遣いが久遠殿には随所に見られる。当人か家臣かは知らぬが若いのに上手くやっておるな。

「これは……」

「そちらは豆腐を固める前の絞り汁ですね。固めずそのまま味噌で味を調え、汁にしました。ウチでは豆乳と呼んでいますけどね」

さて今宵の料理じゃが、また昨日とは違うの。

豆腐はわしも知るが、かような料理は初めてじゃ。特にこの白い汁には西堂丸も固まっておるわ。

「……美味しいです。大叔父上」

ふと気になって見てみると、織田家中の者らは臆する事なく料理に箸をつけておる。慣れておるのか？

久遠殿の料理はいずれを食べてもひと味もふた味も違う。この豆乳とやらの汁も本当に美味い。

味に深みや柔らかさがあると、これほど感じたのは初めてかもしれぬ。

「久遠殿の料理は相変わらず美味いですな」

「まったくだ。清洲の八屋を知っておるか？　おかげであそこに通うておるわ」

「ああ、八屋か。あそこは確かに美味い」

うむ。やはり尾張でもこれほどの料理はそうそう御目にかかれぬか。久遠殿が原因なのは気付いておったが、八屋とは町の料理屋か？　帰る前に寄らねばならぬな。


「これほどの料理でもてなして頂けるとは……」

「いずれも豆腐があれば作れる料理ですよ。せっかくですから美味しいものを召し上がっていただきたいと思いまして」

煮物はよう味が染みておるし、焼いた豆腐は醬油を素にしたのであろうか？　食べたことのないたれがかかっておる。

それにこの揚げた豆腐はまた味わいが別じゃ。おお！　この俵型の料理の中には米が入っておるではないか！

いずれも味が違うのはなにが違うのだ？　味付けが日ノ本の料理と違うのであろうか？

「北条の御仁でも久遠殿の料理には驚くのだな」

「もしかすれば京の都の公方様や主上すら驚くかもしれぬな」

織田家中の者はわしらが驚く姿を見てしみじみとしておる。考えてもみれば久遠殿が尾張に来て一年。先に驚いたのは織田のほうであろうな。

確かに北条家は今の織田家よりは大きい。されど久遠殿のような御仁と同じと思われるのは困る。所詮は関東の鄙者よ。明や南蛮など誰も知らぬのだ。

「久遠殿。いかがすればこのような味になるのでしょう？」

「うーん。ひとつは手間を惜しまぬことですね。あとは銭も相応にかかります。もうひとつお教えしますと料理には砂糖も入っていますので」

「砂糖とは、あの薬師が使うものですございますか？」

「ええ。他にも出汁を取るとか、いろいろとありますが」

わしが少し考え込んでおる間に、西堂丸は久遠殿に料理のことを聞いておったわ。子とは時に恐れを知らぬの。秘伝の技をそう安易に聞くべきではないのじゃが。聞いた後に対価を求められては断れぬ。

しかし砂糖か。久遠家の砂糖は相模にも入ってくるようになった。北条家では薬や茶菓子にも使うておるが、まさか料理にも使うとは。

「これ西堂丸。他家の秘伝を易々と聞くではない」

「はい。久遠殿。申し訳ございません」

「お気になさらず。砂糖の件はそのうち広まることですので。それに砂糖が売れればウチが儲かります」

西堂丸にはこれ以上聞かぬように釘を刺したが、久遠殿は気にする様子もないか。確かに砂糖の使い道が広がれば売れるであろうな。

じゃが秘伝は秘伝。それをあっさりと教えるとは。やはり武士というよりは商人が本質かの？

しかし、久遠殿の料理は美味いの。

これだけで人を落とせる気もするわい。一介の国人程度ならばこの料理で臣従してもおかしくはあるまい。

配下の料理人に習わせたいの。だがそれには対価がいるか。なかなか難しいの。

北条長綱一行は織田信秀の許しを得て尾張を視察している。この時、長綱は織田学校や久遠病院を視察していて、薬師の方こと久遠ケティの診察も受けたと記録にある。

長綱は健康そのものだったとあるが、同行した北条西堂丸が生まれつき体が強くないことを見抜いたとの逸話がある。

西堂丸はこの時にケティの出した薬を飲むに従って健康になったと後に語っている。

尾張滞在中に清洲城にて行われた宴にて、当初予定になかった北条氏康の嫡男である西堂丸が挨拶をしている。北条側の資料には素性を隠して他国を見聞するために出したとあり、これは長綱の独断による行動であった。

長綱は尾張の力をすぐに見抜き、斯波家と織田家と誼を結ぶ必要があると考えたのだと伝わる。

この時の長綱の決断は、織田家にとっても北条家にとって非常に大きなものとなり、後の歴史にも大きな意味を持つことになる。

皇歴二七〇〇年・新説大日本史

終章　変わりゆく日々の中で

side：久遠一馬

今夜の宴も無事に終わった。まさかあの場で素性を明かすとは思わなかったけど。

那古野の屋敷に戻り、お風呂に入り疲れを取る。奉公人がいつでも入れるように温めてくれていたんだ。

「思ってもいないことが起こるね」

北条幻庵さんと西堂丸君の尾張来訪。その影響を考えなくてはならない。思うのは、知るということの重要性だ。

道三は敵地と言える尾張に僅かなお供で来たし、幻庵さんははるばる関東から来ている。元の世界のような新幹線も飛行機もない時代だ。治安だってよくないし危険も多い。

それでも自分の目と耳で知りたいと来た人たちの凄さだ。オレたちもいろんな人と直接会う機会が必要ではないかと思う。

「当然ですわ。政も戦もリアルなのですから」

一緒に清洲城に行っていたシンディは、今日は那古野の屋敷に泊まることになる。エルと三人で疲れを癒すようにお風呂に入っているんだ。そんなシンディの言葉がやけに耳に残る。

過去から積み重ねた文化や風習、そして経験。歴史として見ると、それらは戦国時代として確立しているが、今オレたちがいるのは歴史ではなくリアルだ。

オレたちが吹き込んだ新しい風が、関東にまで届いたということか。

「この先も変わるだろうね。思ってもいない明日に」

「ええ、変わります。皆、必死なのですから」

必死というエルの言葉が最適なのだろう。そもそも元の世界の戦国時代の歴史は、残された資料や伝承から後世の人が導きだしていた、ひとつの可能性に過ぎないのかもしれない。

オレたちという存在が加わったこの世界は、得るものもあるが失うものもあるのかもしれない。でもね。オレたちだって生きたいんだ。みんなと一緒に。


お風呂から上がると、夜風が気持ちいい。聞こえてくるのは虫たちの大合唱だ。虫の多い生活にも慣れたな。

クーラーの効いた部屋で、虫など入らない生活が遠い昔のように感じる。

「ワン！」

まだ起きていたロボとブランカが、オレたちの元に駆けてきた。二匹も大きくなったな。撫でてやると嬉しそうに尻尾が揺れるのは変わらないが。

「あっ、お帰り〜」

「おかえりなさいませ」

少し賑やかだなと思い見に行くと、みんなで線香花火をしていた。

オレたちに気付いたパメラが声を掛けてくれると、妻のみんなと家臣や奉公人のみんなが一斉に声を掛けてくれる。

「楽しそうだね」

一本の線香花火をみんなで大切に見守る姿は微笑ましい。

縁側から香る蚊取り線香と線香花火の火薬の匂いが、夏なんだなと強く感じさせる。

「瓜などいかがでしょう。ケティ様が頂いたものを冷やしてあります」

縁側に座り、エルたちとそんな線香花火を楽しむみんなの様子を眺めていると、お清ちゃんがウリを勧めてくれた。

マクワウリのことだろう。メロンと先祖が同じものになる。メロンほど甘みはないが、さっぱりしていてさわやかな味だ。元の世界ではメロンが普及するとあまり見かけなくなったが、この時代ではそれなりに見かける。

ケティは往診に行くから、よくいろんなものを頂いてくるんだ。

「いいね。みんなで食べようか」

「はい、では持って参りますね」

お清ちゃんと千代女さんが奉公人の女衆とウリを取りに行くと、湯冷めしないようにしながらも夜風に当たって今この瞬間を楽しむ。

資清さんと望月さんと太田さんたちは、ジュリアとセレスと一緒にお酒を飲んでいる。線香花火をするみんなを見ながらのお酒も風流だ。

パメラ、ケティ、メルティに、リンメイとリリーとアーシャも今日は来ていて、若い衆のみんなと線香花火を楽しんでいる。

そういえば手持ち花火なんて、学生時代にやって以降、リアルでやってなかったな。

side：シンディ

一本の線香花火をみんなで囲んで見入る者たちに、微笑ましさを感じますわね。花火大会での打ち上げ花火を思い出して、また見られたらいいと語る者もいます。

火薬が高価なのは皆が知っていること。こうして夜に線香花火を楽しめることを幸せなことだと感謝しているように思えますわ。

「さあ、みんな食べなさい」

お清殿たちが一口サイズに切り分けて持ってきたマクワウリを、司令は皆に食べるように命じました。

私もひとつ頂きます。ああ、ほのかな自然の甘みが美味しいですわね。

シルバーンでは季節に問わず多種多様な果実がいつでも食べられます。それも素晴らしいことですが、こうして限られた季節にしか食べられないものをその季節に食べる。

こういうのも悪くありませんわね。

「シンディ様、熱田の屋敷はいかがでございましょう？　至らぬ者も多く案じております」

「大丈夫ですわ。八郎殿。皆で楽しくやっております」

遥か夜空の向こうにあるシルバーンを思い出して見上げていると、八郎殿が熱田の屋敷を案じたのか声を掛けてくれました。

ですが私は失敗も至らぬことがあっても楽しんでいますわ。生きているんですもの。失敗もあれば困ることだってある。

「クーン」

「あらあら……」

生きている。それがいかに素晴らしいことか実感出来る日々にそれだけで幸せを感じます。そんな私の思いを感じたわけではないのでしょうが、ブランカが甘えてきます。

うふふ、一緒に花火をする皆を見ながらのんびりとしましょうね。

明日も頑張れるように。

side：パメラ

パチ、パチと花を咲かせる線香花火。本当に綺麗だね。

みんな遠慮してなかなか自分でやらないので、私はみんなに線香花火を手渡してやらせているの。

楽しむ時はみんなで楽しむ。これが私のこだわり。

「うわぁ」

「そっちのは長持ちするな」

同じく火を付けても、先に線香花火の火の玉が落ちるとがっかりしている。長持ちをしている人の線香花火を、周りのみんなが羨ましげに見ている姿もなんかいい。

「鉄砲の玉薬がこんなものになるなんてなぁ」

火薬の燃える匂いは鉄砲の訓練でみんな慣れているみたい。でもこうして娯楽にもなる。生きているだけで精いっぱいだと、なかなか気付かないことなんだと思う。

「リリー様、凄いな」

「ふふふ、これはね。なるべく動かさないほうが長持ちするのよ」

当然私たちも楽しむ。みんなで競うように同時に始めて、最後まで火の玉が落ちなかったのはリリーだった。

悔しい！　私もあと少しだったのに。

「もう一勝負だ！」

「いいわよ。受けて立つわ」

ケティもメルティもリンメイも、すでに次の線香花火を持っている。リリーの勝ち逃げは許さないとみんな燃えているんだよ。

私たちはリリーに勝負を挑む。私だってこういうのは自信があるんだよ！

side：メルティ

線香花火がなくなるとお開きになったわ。

私たちと司令は星と月明かりの中で夜のひと時を過ごす。蚊帳の中から見る星空も悪くないわね。

「へぇ。北条長綱に西堂丸ね」

少しほろ酔いのジュリアは、北条家の者たちに興味を持ったみたい。敵になるのか味方になるのか、どっちかと考えつつこの状況を楽しんでいるようにも見える。

こうしてみんなで集まり、いろいろと話すのが私たちの夜になるわ。ちょうど島から尾張に来て滞在中のアンドロイドの仲間を交えて、現状と今後のことも話す。

「現状だと敵対する状況ではありませんね。このまま友好を深めれば、いずれ望まぬ敵対をしても意味のあることになります」

普段はあまりお酒を飲まないエルが、珍しくお酒を飲んでいるわね。彼女も決して政治や戦略が好きなわけではない。でもいろんな人と出会い、国を良くすることはやりがいもあって楽しいようにも見える。

「いつの間にか大所帯になりましたね。家臣も頼もしくなりました」

ふと外を見ると、寝ずの番の兵が庭を見回りしているのが見えました。セレスはそんな家臣たちを見て微かな笑みをこぼしました。

「あの人、好きな子がいて、いい雰囲気なんだけど告白出来ていないいんだよ！」

「あら、そうなの？」

「それはいけないネ。私たちで助けてあげるネ」

「恋愛の授業も必要かしらね」

あらあら、パメラが家臣の恋愛について暴露すると、リリーとリンメイとアーシャが興味津々な様子で恋バナを始めたわ。

ウチの家臣には若い人が多い。八郎殿たちが頑張っているけど、本来の武士でない者たちは結婚ひとつとっても悩み、上手くいかない人がいるわ。

司令は自由恋愛をさせるにはちょうどいいので、しばらく好きにさせてあげようと考えているけど。

「やり過ぎるなよ。悩んで喧嘩することも必要なんだから」

肝心の司令は、少し複雑そうな顔でパメラたちに釘を刺していた。まだ私たちに自由な生き方をさせてやれなかったことを悩んでいるのかしら？

私たちはみんな自分の意思で自由に生きているわ。人として生まれても家や家族を背負い、生きているのよ。私たちは司令と自分たちの未来を背負い生きていくことに決めた。

その上で自由に生きているわ。

「ねえ、ケティ。赤子を取り上げるってどんな感じかしら？」

「生命の神秘を感じる。医師として嬉しいことのひとつ」

向こうではシンディがケティと面白い話をしているわね。シンディは伊勢に行った際に、ケティと共に偶然出会った妊婦を助けたと言っていたから、それで興味を持ったのかしら？

「メルティ、どうかしたか？」

「ううん。楽しいなと思っただけよ。こうしてみんなで同じ時を過ごせることが」

みんなを見てついついクスッと笑ってしまうと、司令に声を掛けられた。

本当に楽しいわ。司令もみんなも変わらない部分と変わっている部分がある。これが生きるということなんだと思うと楽しくて仕方ない。

きっとこれからもっと楽しくなるわ。私たちは共に生きていけるんですもの。

side：久遠一馬

夜明けと共に起きる生活にも慣れた。障子を開けると、朝のすがすがしい空気を胸いっぱいに吸い込む。

朝だ！　と駆けてくるロボとブランカと一緒に庭に出て少し体を動かす。

妻たちや奉公人のみんなと朝の挨拶をして、朝食前にロボとブランカの散歩に出発だ。

ロボとブランカと護衛のみんなと、この日はエルも一緒だ。

「今日も暑くなりそうだね」

「夏ですから」

途中出くわした人たちと挨拶をして歩く。いい運動だ。

早くも強い日差しを感じ、思わずエルと顔を見合わせて笑ってしまった。

当たり前の日常。当たり前の夏。それがなによりも心地いい。

今日は西堂丸君を案内してあげることになっている。どこを見せてあげようかなと考えるのも結構楽しい。

史実では早くに亡くなった人だが、この世界でどうなるのかは誰にも分からないことだ。

彼との交友が、いずれ関東と関わることになったときに生きるのかもしれない。

歴史ではない。同じ時代を生きる人として、親交を深めて歴史とは別の未来をつくりたい。

さあ、今日も頑張ろう。

天文十七年夏、那古野にある久遠家の屋敷にて、線香花火をしていたと『資清日記』に書かれている。

津島の花火打ち上げの後には線香花火を売っていたとの記録もあるものの、当然ながら高価な品であり、一馬と奥方たちはそんな線香花火を家臣たちに配って一緒に楽しんでいる。

一馬は日ノ本の武士ではなく、日頃から同時代の主従とは違った形であることも多かったとされるが、こうして同じ時を過ごした者たちが、久遠家を支えていたのは確かである。

皇歴二七〇〇年・新説大日本史

特別ページ
キャラクターガイド

『戦国時代に宇宙要塞でやって来ました。4』に登場する主なキャラクターを、
モフ氏のデザイン画とともに御紹介いたします！

Illustration モフ

シンディ
万能型アンドロイド。元は兵器開発から作戦立案までできる器用なタイプ。熱田の屋敷に滞在して酒造りや商いの差配をしている。設定年齢は18歳。

斎藤利政（斎藤道三）

斎藤山城守。史実では若き織田信長の才を見抜いたと言われる人物。

湊屋彦四郎

温和そうな見た目の、40代半ばの商人。
大湊の会合衆。

望月出雲守

久遠家家臣。忍び衆を動かしている。望月千代女の父。

織田信秀

織田弾正忠家の当主。
信長の父。

あとがき

一年が過ぎるのは早いなと思いながら、このあとがきを書いています。

私事ではございますが、今年に入って昨年の骨折の際に埋め込んだボルトとプレートの除去手術を終えて、ようやくホッとしてリハビリに励んでおります。

コロナ過などと言われながらの一年が終わり、今年に入って一部の都府県では緊急事態宣言が再び発令されるなど、相変わらず先が見通せない世の中ですね。

事実は小説よりも奇なり。などという言葉もありますが、まさにその通りかなと思う日々になります。


さて四巻ですが、いかがだったでしょうか？

ｗｅｂ版を書いたのは数年前なので、当時のことを思い出しながら加筆修正しました。

今回は直接間接問わず、戦国時代といえば代名詞とも言える戦の場面がまったくないお話になりました。

賛否両論あるかなと思うところもありますが、当初から私が書きたかった戦国時代を舞台にした日常物という意味では、それに近いものになるのかもしれません。

拙作はライトノベルという分類になるのかな。それを否定するつもりはありませんが、歴史的な描写や世界観は可能な限りきちんと書いているつもりです。

残酷な面や衆道など、一部の描写は意図的に避けておりますが。

そんな中での戦国時代の日常。皆様にどう読まれるのか、楽しみであり不安でもあります。

ｗｅｂ版と比較すると女性陣の視点を増やしたことで、世界観が広がり、主人公サイドの心理描写も良くなったかなと思います。

日常から見た戦国時代を楽しんでいただけるといいのですが。

内容としては、花火は今後のカギになるイベントのひとつでもあります。また伊勢訪問は、今後一馬たちがあちこち旅に出る最初の旅としてきちんと書いておきたかった。

それと伊勢大湊との関係は、今後の織田家にとって重要なものでもあります。

拙作はそんな日常と、日常で変わる人々の様子。また新たな出会いから物語が生まれて進みます。

結果として四巻の内容は今後に繋がるものが多いです。

終盤の北条幻庵の尾張訪問は、もしあるとすれば次巻の関東訪問に繋がるものです。関東訪問、書籍で書きたいなとウズウズしておりますが、果たしてどうなるのやら。

初心忘るべからず。

一冊の本を出せることの感謝を忘れずに、これからも頑張りたいと思います。

最後になりましたが、購入とあとがきまで読んでいただいた皆様に最大級の感謝をして終わりたいと思います。

それとコロナ過も終わり、一日も早くかつての日常に戻れる日が来ることを願っております。

横蛍

MORNING STAR BOOKS LINEUP 

戦国時代に宇宙要塞でやって来ました。　①～④
著者：横蛍　イラスト：モフ　定価：本体（各）1,200円（税別）

吸血姫は薔薇色の夢をみる　①～④
著者：佐崎一路　イラスト：まりも　定価：本体（各）1,200円（税別）

リビティウム皇国のブタクサ姫　①～⑫
著者：佐崎一路　1～4巻イラスト：まりも　5～8巻イラスト：潮里潤
9～12巻イラスト：高瀬コウ（キャラクター原案：まりも）　定価：本体（各）1,200円（税別）

王子の取巻きAは悪役令嬢の味方です
著者：佐崎一路　イラスト：吉田依世　定価：本体1,200円（税別）

あたしメリーさん。いま異世界にいるの……。　①～②
著者：佐崎一路　イラスト：希望つばめ　定価：本体（各）1,200円（税別）

ダンジョンの魔王は最弱っ!?　①～⑩
著者：日曜　イラスト：nyanya　定価：本体（各）1,200円（税別）

塔の管理をしてみよう　①～⑩
著者：早秋　イラスト：雨神　定価：本体（各）1,200円（税別）

異世界でアイテムコレクター　①～⑤
著者：時野洋輔　イラスト：冬馬来彩　定価：本体（各）1,200円（税別）

成長チートでなんでもできるようになったが、
無職だけは辞められないようです　①～⑫
著者：時野洋輔　イラスト：ちり　定価：本体（各）1,200円（税別）

無人島ダンジョン経営～迷宮師チートにより何もせずに
レベルアップできるようになりましたが、思っていた
スローライフとは少し違うようです～
著者：時野洋輔　イラスト：ちり　定価：本体1,200円（税別）

魔剣師の魔剣による魔剣のための
ハーレムライフ　①～③
著者：伏（龍）　1巻イラスト：中壱　2、3巻イラスト：POKImari
定価：本体（各）1,200円（税別）

必中の投擲士 ～石ころ投げて聖女様助けたった!～　①～②
著者：餅々ころっけ　イラスト：松堂　定価：本体（各）1,200円（税別）

勇者召喚に巻き込まれたけど、異世界は平和でした　①～⑩
著者：灯台　イラスト：おちゃう　定価：本体（各）1,200円（税別）

椅子を作る人
著者：山路こいし　イラスト：鈴木康士　定価：本体1,200円（税別）

余命六ヶ月延長してもらったから、ここからは
私の時間です　上巻／下巻／ラストメモリー
著者：編乃肌　イラスト：ひだかなみ　定価：本体（各）1,200円（税別）

濁った瞳のリリアンヌ　①～②
著者：天界　イラスト：癸青龍　定価：本体（各）1,200円（税別）

リアルチートオンライン　①～③
著者：すてふ　イラスト：裕　定価：本体（各）1,200円（税別）

シナリオ通りに退場したのに、
いまさらなんの御用ですか？　①～②
著者：真弓りの　イラスト：加々見絵里　定価：本体（各）1,200円（税別）

逆鱗のハルト　①～③
著者：奏　イラスト：吉田エトア　定価：本体（各）1,200円（税別）

ファンタジーをほとんど知らない
女子高生による異世界転移生活　①～④
著者：コウ　イラスト：shimano　定価：本体（各）1,200円（税別）

イケメンに転生したけど、チートはできませんでした。　①～③
著者：みかんゼリー　イラスト：桑島黎音　定価：本体（各）1,200円（税別）

ドラゴン狂いの課金テイマーさん
著者：リブラプカ　イラスト：エシュアル　定価：本体1,200円（税別）

リバースワールドオンライン～種族『悪魔』は戦闘特化～
著者：白黒招き猫　イラスト：北熊　定価：本体1,200円（税別）

勇者にみんな寝取られたけど諦めずに戦おう。
きっと最後は俺が勝つ。
著者：さとう　イラスト：るご　定価：本体1,400円（税別）

魔剣使いの元少年兵は、元敵幹部のお姉さんと一緒に生きたい
著者：支倉文度　イラスト：ox　定価：本体1,200円（税別）

栽培女神！～理想郷を修復しよう～
著者：すずの木くろ　イラスト：とぴあ　定価：本体1,200円（税別）

Unlimited　World～生産職の戦いは9割が準備です～
著者：あきさけ　イラスト：ふぇありぃあい　定価：本体1,200円（税別）

前世悪役だった令嬢が、引き籠りの調教を任されました
著者：田井ノエル　イラスト：時瀬こん　定価：本体1,200円（税別）

勇者王ガオガイガーpreFINAL
著者：竹田裕一郎　定価：本体1,500円（税別）

勇者王ガオガイガーFINALplus
著者：竹田裕一郎　定価：本体1,400円（税別）

覇界王～ガオガイガー対ベターマン～　上巻／中巻
著者：竹田裕一郎　監修：米たにヨシトモ
定価：本体（上巻）1,500円（税別）／（下巻）1,800円（税別）

現代知識チートマニュアル　著者：山北篤　定価：本体1,600円（税別）

軍事強国チートマニュアル　著者：山北篤　定価：本体1,700円（税別）

<小説家になろう>で書こう　定価：本体1,600円（税別）

戦国時代に宇宙要塞でやって来ました。4

2021年5月2日 初版発行

【著　　者】横蛍

【イラスト】モフ
【編集】株式会社 桜雲社／新紀元社編集部／弦巻由美子
【デザイン・DTP】株式会社明昌堂

【発行者】福本皇祐
【発行所】株式会社新紀元社
〒101-0054　東京都千代田区神田錦町1-7　錦町一丁目ビル2F
TEL 03-3219-0921 ／ FAX 03-3219-0922
http://www.shinkigensha.co.jp/
郵便振替　00110-4-27618

【印刷・製本】株式会社リーブルテック

ISBN978-4-7753-1900-0

※本書は、「小説家になろう」（http://syosetu.com/）に掲載されていたものを、改稿のうえ書籍化したものです。